PRIX : **50** CENTIMES.

LA FILLE DE DURAMÉ

DRAME EN CINQ ACTES

PAR M. EUGÈNE BRIEUX

REPRÉSENTÉ POUR LA PREMIÈRE FOIS AU THÉATRE-FRANÇAIS DE ROUEN, LE 25 MARS 1890

DISTRIBUTION DE LA PIÈCE

DURAMÉ	MM. SIMON.	UN OFFICIER	MM. LEGRENAY.
DÉRONCHELLE	MONDET.	PIERRE	SOLESMES.
HENRI CASTEL	FRIGOT.	PORTEUR DE CLOCHETTES	MARCILLY.
CHANTERELLE	DHERBILY.	UN SOLDAT	LECHERBAULT.
QUATRE-PATTES	V. GAY.	BERTHE	Mᵐᵉ B. GILBERT.
MANDART	BRUNO.	JEANNE	VILLARS.
DUMESNIL	HAURY.	GUILLEMETTE	ANDRIEUX.
DOUCET	LAUNAY.	POMME-D'API	DUJERSE.
PREMIER BOURGEOIS	GRIMIER.	YVETTE	GEORGES.
DEUXIÈME BOURGEOIS	BERTIER.		

1ᵉʳ Acte, *La Fête du Loup-Vert à Jumiéges.* — 2ᵉ Acte, *La Bande à Duramé.* — 3ᵉ Acte, *Les Grottes de Caumont.*
4ᵉ Acte, *Le Père et la Fille.* — 5ᵉ Acte, *l'Expiation.*

ACTE PREMIER.

L'Auberge de Jumiéges.

23 Juin 1797. — La cour de l'auberge de Jumiéges, close de murs. A droite, premier plan, la maison d'habitation. Une porte sur trois marches. Au fond, une porte cochère fermée par une grille, au delà de laquelle on voit la route. Au-dessus de la porte de droite, un écriteau : « *Auberge de Jumiéges, tenue par le citoyen Dumesnil. Le voiturier de Rouen arrive tous les quintidi. On loge à pied et à cheval.* » Tables à droite et à gauche.

SCÈNE PREMIÈRE.

L'AUBERGISTE (60 ans), HENRI CASTEL (25 ans). — (Au lever du rideau, l'aubergiste et Louis Castel sont assis à une table à droite et jouent aux cartes en buvant. Le soir. Chandelles, réverbères.)

L'AUBERGISTE. J'ai quatre cartes, citoyen Castel.
CASTEL. Combien?
L'AUBERGISTE. Quarante-et-un.
CASTEL. Il ne revient pas vite, Pierre.
L'AUBERGISTE. Ah! jeune homme, patience! On voit bien que vous êtes amoureux, et que c'est votre fiancée que vous attendez. J'ai dit quarante-et-un.
CASTEL. C'est bon.
L'AUBERGISTE. J'ai trois génies...
CASTEL. Trois génies?
L'AUBERGISTE. Oui, trois rois, trois ci-devant. Vous ne connaissez donc pas le jeu républicain?

CASTEL. Je joue si rarement aux cartes. Il faut une occasion comme celle-ci, un besoin de tuer le temps...

L'AUBERGISTE. J'ai le génie des arts et le génie de la guerre. Autrement dit Racine et Bayard, autrement dit le roi de trèfle et le roi de pique.

CASTEL. Cela fait trois heures de retard.

L'AUBERGISTE. Comment?

CASTEL. Je dis que le voiturier de Rouen devait arriver à sept heures ; il en est dix : cela fait trois heures de retard.

L'AUBERGISTE. Bah! un cheval déferré... un essieu rompu... cela se voit tous les jours. Voyons; j'ai trois génies et trois égalités, autrement dit trois valets, autrement dit trois officieux.

CASTEL. J'ai une quinte majeure.

L'AUBERGISTE. Il fallait le dire. Je compte quarante-et-un.

CASTEL. C'est bien aujourd'hui quintidi?

L'AUBERGISTE. Quintidi 5 messidor an V.

CASTEL. Vous tenez à continuer d'employer le calendrier républicain. On ne s'en sert plus guère.

L'AUBERGISTE. C'est que je suis patriote, comme tout bon aubergiste. Si vous préférez, c'est aujourd'hui le vendredi 23 juin 1797, le jour de la fête du Loup-Vert.

(Entrée, par le fond, d'un domestique d'auberge, avec une lanterne.)

CASTEL. Voici Pierre! Eh bien?

PIERRE. Pin d'vinture. J'ons été jusqu'à dix portées de fusil; pin d'vinture, pin d'quarette. J'ennai rin vu.

CASTEL. Tu n'as rencontré personne?

PIERRE. Pas tant seulement un cat. Not' maître n'a pu b'soin d'mé?

L'AUBERGISTE. Non.

(Pierre sort à droite.)

CASTEL. Je suis très-inquiet. Vous comprenez que deux femmes et un brave homme comme le père Déronchelle sont bien exposés.

L'AUBERGISTE. Mais, que craignez-vous?

CASTEL. Eh! parbleu! pour venir de Rouen à Jumièges, où nous sommes, il faut traverser la forêt de Roumare et j'ai peur que la voiture n'ait été arrêtée par des brigands.

L'AUBERGISTE. *(riant.)* Ah! ah! Des brigands! Vous y croyez donc encore? Par Duramé, peut-être?

CASTEL. Fût oui, par Duramé.

L'AUBERGISTE. Mais les routes sont sûres.

CASTEL. Vous croyez? Il y a huit jours, la diligence du Havre a été attaquée.

L'AUBERGISTE. Par Duramé?

CASTEL. Par Duramé.

L'AUBERGISTE. Je vous dis que c'est une plaisanterie. Il y a longtemps que Duramé est mort.

CASTEL. Il est si peu mort qu'il a dévalisé une ferme à Fissy, il y a trois jours.

L'AUBERGISTE. Enfin, l'avez-vous vu, ce Duramé?

CASTEL. Non, mais je sais que depuis bien longtemps il jette la terreur dans tout le district; je sais que c'est un homme d'une force herculéenne et d'une audace extraordinaire, que lorsqu'on le croit à un endroit, il en est à dix lieues; je sais que la gendarmerie le poursuit et que certains paysans sont tellement pour de lui qu'ils n'osent pas se plaindre de ses vols et de ses méfaits; je sais qu'il ne recule pas devant l'assassinat, qu'il a sous ses ordres une bande de brigands aussi cruels que lui; et voilà pourquoi le retard de la voiture de Rouen m'inquiète. Enfin, comme je vous l'ai dit, ma fiancée, jeune et pour servante ont dû prendre cette voiture pour venir ici assister, avec moi, à la fête du Loup-Vert, et ce retard me trouble et m'alarme à un tel point que je vais aller au-devant d'eux et m'informer de ce qui a pu arriver.

L'AUBERGISTE. Et vous ne verrez pas la fête du Loup-Vert? (On entend au dehors des cris et des éclats de rire.) Tenez! entendez-vous? On va chercher le Loup-Vert qui se mettra à la tête de la bande joyeuse, couvert de sa cagoule, et l'on dansera en rond autour du feu de la Saint-Jean.

(Des paysans passent, au fond, avec des lanternes, en chantant.)

LES PAYSANS.

Voici la Saint-Jean, l'heureuse journée.
Que nos amoureux vont à l'assemblée.
Marchons! joli cœur, la lune est levée!

L'AUBERGISTE. Ils vont revenir tous ici, boire et chanter, et vous ne les verrez pas!

CASTEL. Tant pis. Je pars... Ecoutez... J'entends des voix... C'est celle du citoyen Déronchelle...

LA VOIX DE DÉRONCHELLE. Eh! l'aubergiste!

L'AUBERGISTE. Voilà!

CASTEL. Seul? Non! Jeanne est avec lui, et Guillemette. Dieu soit loué!

(Entrent Déronchelle, Jeanne et Guillemette.)

SCÈNE DEUXIÈME.

LES MÊMES, DÉRONCHELLE, JEANNE, GUILLEMETTE.
— *Déronchelle est en uniforme de lieutenant de garde nationale de Rouen, collet bleu, uniforme bleu très-foncé, Guillemette en paysanne.)*

GUILLEMETTE. Ah! min Du! que d'z'affé! que d'z'affé!

CASTEL. Jeanne! vous n'êtes pas blessée?

DÉRONCHELLE. Eh bien, et moi! Il ne me demanderait pas si je suis blessé,... moi...

CASTEL. Mon cher beau-père!

GUILLEMETTE. Et mô, j'in sis core trimblante d'frieur!

CASTEL. Ma bonne Guillemette...

GUILLEMETTE. Ah! min Du! que d'z'affé! que d'z'affé!

CASTEL. Mais, que vous est-il arrivé?

(Ils déposent leurs bagages dans un coin.)

Ensemble {

GUILLEMETTE. J'avions pris la quarette rue du Vent-Soufflet...

DÉRONCHELLE. J'avais revêtu mon uniforme de lieutenant de la garde nationale.

JEANNE. J'étais toute heureuse de venir vous voir.

L'AUBERGISTE. Parlez pas tous à la fois. Ça ne se fait que dans les opéras-comiques. J'ai vu ça dans la *Famille Suisse*, du petit Boïeldieu, à Paris.

CASTEL. Vous avez été attaqués?

Ens. {

GUILLEMETTE. J'crois bien! Que d'z'affé! j'ops...

DÉRONCHELLE. Par trois cents brigands.

DÉRONCHELLE. Mais taisez-vous donc Guillemette. Jamais nous n'arriverons à raconter notre combat. Taisez-vous. Je prends la parole.

GUILLEMETTE. C'est bon! c'est bon! disez qu'je n'savons qu'bagouler!

DÉRONCHELLE. J'avais mon uniforme et mon sabre de garde nationale.

GUILLEMETTE. Vl'avez déjà dit.

DÉRONCHELLE. Taisez-vous. Nous avions pris la voiture, nous avions traversé la forêt de Roumare sans accident, nous étions tout près d'ici, avant Yainville, quand tout à coup un bandit, armé jusqu'aux dents, saute à la tête des chevaux.

GUILLEMETTE. C'est point cha! Y n'a pin sauté à la tête des ch'vas!...

JEANNE. Non... non, mon père.

DÉRONCHELLE. Alors, je ne sais pas ce que je dis. Eh bien, raconte, Guillemette... (A l'aubergiste.) Donnez-moi un verre de cidre.

L'AUBERGISTE. (Sans se déranger.) Tout de suite. J'attends la fin de l'histoire.

GUILLEMETTE. J'pinsais à min pouer mari, qu'y a dix-huit ans à c'l'heure qu'jai point vu, quand je vîmes sur la route, à vingt-cinq toises, un hôme à béquille qui vint dret à min aperchevache. L'vinturier y crit d'se garer. Y n'dit mot et n'mouve point. L'vinturier recrit, recrit encore. L'autre ne s'mouve toujours point. L'vinturier arte ses ch'vas juste au moment où leur nez était sur l'homme.

L'AUBERGISTE. Enfin, les brigands?

JEANNE. Aussitôt que la voiture a été arrêtée, deux hommes qu'on n'avait pas vus ont monté sur le siège. Ils ont baillonné le voiturier, puis, aidés par leurs complices, ils nous ont forcés, mon père, Guillemette et moi, à descendre, nous ont lié les mains et les pieds, nous ont volés et se sont enfuis en nous laissant sur la route, où nous serions encore probablement, si...

DÉRONCHELLE. Oui, mais tu ne dis pas mon attitude. Ces misérables, voyant qu'ils avaient en face d'eux un officier de la garde nationale, ont reculé, effrayés, ils ont tenu un court conseil de guerre, et l'un d'eux, un grand, avec une grande barbe...

GUILLEMETTE. Il était haut comme une botte et pas plus barbu qu'un viau...

DÉRONCHELLE. Je sais ce que je dis... Un grand sans barbe, vint me demander mon sabre... Je portai la main à la poignée, et j'allais le tirer...

CASTEL. Pour lui en asséner un coup sur la tête...

DÉRONCHELLE. Non, pour le lui remettre, lorsque, prompt comme l'éclair, il s'en saisit avant moi. J'étais désarmé : je tendis mes mains aux liens qu'on apprêtait, en protestant contre une pareille insolence.

L'AUBERGISTE. Mais vous avez votre sabre!

CASTEL. Et vous êtes ici... Qui donc vous a déliés?

JEANNE. Je pensais à vous, Henri, et à votre inquiétude, quand tout à coup j'entendis des pas. C'étaient les mêmes bandits qui, avec les formes du plus profond respect et de grandes politesses, rapportaient à mon père son portefeuille, dans lequel était sa carte civique...

DÉRONCHELLE. Ils auront vu mon nom...

JEANNE. A Guillemette, sa bourse, et à moi cette bague que vous m'avez donnée et à laquelle je tiens plus qu'à tout. Ils coupent nos liens, nous saluent profondément et disparaissent. Nous avons repris à pied notre chemin et nous voici, mon cher Henri, prêts à assister à la fête du Loup-Vert.

L'AUBERGISTE. C'est incroyable. Des bandits qui rapportent ce qu'ils ont volé, c'est étonnant.

CASTEL. Qu'est-ce qui a pu les faire ainsi changer d'avis?

DÉRONCHELLE. Mon nom... Tenez. (Il tire son portefeuille et y prend un papier.) Ce papier... « Au Cocon d'or. Dé- « ronchelle, marchand de droguets, ratines et espagno- « lettes, lieutenant au 3ᵉ bataillon de la garde nationale, « Grande-Rue, Rouen. » Voilà ce qui a fait peur à la bande Duramé.

L'AUBERGISTE. Vous croyez que c'était Duramé?

CASTEL. C'est sa bande certainement, car c'est de cette façon qu'ils procèdent pour arrêter les diligences. Mais ordinairement ils ne rendent pas ce qu'ils ont pris, et je vous conseille, citoyen aubergiste, de veiller sur vos écus

L'AUBERGISTE. Mes écus sont en lieu sûr, et je ne crois pas aux brigands.

DÉRONCHELLE. Mais ceux qui nous ont attaqués?

L'AUBERGISTE. Bah! c'était peut-être des jeunes gens de la bande du Loup-Vert qui ont voulu vous faire peur. Tenez! les voici qui viennent. (On entend dans la coulisse des rires, des chants et des cris. Tout le monde va au fond. L'aubergiste regardant sur la route.) Voilà le feu de Saint-Jean qu'on allume. Citoyen Castel, faites voir cela à vos invités. C'est le plus curieux de la fête.

CASTEL. Voulez-vous venir voir?

L'AUBERGISTE. Et vous reviendrez ici avant que la bande du Loup-Vert soit partie.

DÉRONCHELLE. C'est entendu.

GUILLEMETTE. Allons-y gaiement.

(Castel sort le premier, puis Déronchelle donnant le bras à sa fille, et Guillemette, par derrière.) (On entend chanter dans la coulisse.)

(Pendant ce temps, l'aubergiste, préoccupé, va d'une table à l'autre rangeant ceci et cela.)

SCÈNE TROISIÈME.

L'AUBERGISTE, seul.

Ils m'ennuient, avec leurs histoires de brigands. Je ne veux pas y croire, moi, na! Mais si je pouvais penser qu'on me prenne l'argent que j'ai amassé sou à sou depuis que je travaille; les écus que j'ai empilés en me privant de tout, depuis le jour où je suis entré ici, à huit ans, pour laver la vaisselle de l'ancien patron; si je pouvais craindre qu'on me vole les bons dîners, les bons pots de cidre, les nuits de beuverie et les jours de plaisir que j'ai économisés pour ma vieillesse et qui sont là sous la forme de beaux louis d'or et de gros écus; si je pensais un moment qu'on peut m'arracher en une minute les économies de toute ma vie, je ne dormirais plus, je ne mangerais plus, je maigrirais..., je mourrais. Non! je n'y crois pas aux voleurs! je n'y crois pas aux brigands, je n'y crois pas à leur Duramé!... Je ne veux pas y croire..., je ne veux pas! je ne veux pas!

(Entrent, par le fond, Quatre-Pattes marchant avec deux béquilles, Pomme-d'Api et Berthe. Tous trois en haillons.)

SCÈNE QUATRIÈME.

QUATRE-PATTES, L'AUBERGISTE, BERTHE, POMME-D'API.

QUATRE-PATTES. (Au fond, à Berthe, bas.) C'est ici?

BERTHE. Oui... Attention!... en chœur!

BERTHE, QUATRE-PATTES et POMME-D'API. (Chantant.)

> Une douce flamme
> La flamme des amours
> Consumera mon âme
> Toujours! Toujours!

L'AUBERGISTE. Qu'est-ce que c'est que ça?

QUATRE-PATTES. (Larmoyant, à droite.) La charité, citoyen!...

L'AUBERGISTE. Est-il vilain! — Qu'est-ce que vous demandez?

BERTHE. (De même, à gauche.) La charité, aimable et bon citoyen!...

L'AUBERGISTE. Encore?

POMME-D'API. (Récitant.) Citoyen, je suis une orpheline... De pauvres bûcherons me trouvèrent un jour dans la forêt et me recueillirent. J'ai reçu d'eux les soins les plus empressés, mais la famine et les malheurs les ont réduits à la misère et je mendie aujourd'hui pour donner un morceau de pain à mes bienfaiteurs...

TOUS LES TROIS. (Ensemble.)

> Une douce flamme
> La flamme des amours...

L'AUBERGISTE. Mais, vous vous trompez!... Vous fatiguez pas... Je suis l'aubergiste!

POMME-D'API. Fallait donc le dire tout de suite, vieil empoisonneur!

L'AUBERGISTE. Tiens, elle est gentille, celle-là, mais elle est mal élevée!

BERTHE. Malgré qu'on soit aubergiste, on peut bien être charitable...

QUATRE-PATTES. ...et avoir bon cœur!

POMME-D'API. C'est vrai, citoyen!

BERTHE. Nous sommes de pauvres mendiants bien honnêtes, bien tranquilles...

QUATRE-PATTES. ...incapables de faire du mal à personne...

POMME-D'API. ...pas même à un aubergiste!

L'AUBERGISTE. C'est bon, c'est bon. Laissez-moi. La bande du Loup-Vert viendra tout-à-l'heure et vous pourrez mendier à votre aise.

BERTHE. (Elle se dirige vers la porte à droite.)

L'AUBERGISTE. (Vivement.) Où allez-vous, par là?

BERTHE. C'est donc pas par là qu'on sort? C'est bien,.. Faut pas brutaliser les pauvres gens!

QUATRE-PATTES. Les honnêtes gens!

(Pendant ce qui suit, Pomme-d'Api vole à l'aubergiste son mouchoir et sa tabatière; elle les met dans sa besace; de même des couverts. Puis elle s'assied à la table et se verse tranquillement du cidre tout en mangeant.)

L'AUBERGISTE. Écoutez! Vous voyagez beaucoup sur les routes du district. Avez-vous jamais vu des voleurs de grand chemin?

QUATRE-PATTES. J'ai voyagé à toute heure du jour et de la nuit... et je n'ai jamais été ni attaqué ni volé!

L'AUBERGISTE. Oui, je comprends ça!... Mais vous avez bien entendu parler du fameux... Duramé? On dit qu'il est dans ces parages.

BERTHE. (Vivement.) On vous a dit cela? (Se remettant.) On s'est moqué de vous, citoyen!

QUATRE-PATTES. On vous a pris pour un imbécile.

L'AUBERGISTE. Ah! ça me fait bien plaisir ce que vous me dites là? Alors, il n'y en a pas, de brigands?

BERTHE. Si... mais pas du côté de Jumièges.

L'AUBERGISTE. Et Duramé?

QUATRE-PATTES. Il est à Buchy.

L'AUBERGISTE. Ah! tant mieux! (Rires et chants au dehors).

CRIS AU DEHORS : « Au Loup-Vert! Au Loup-Vert! »

BERTHE. (Bas.) Il est à Buchy... quelquefois. (A part.) Il est ici aujourd'hui, je ne sais pourquoi... et je veux le savoir. J'en ai le droit.

(Cris au dehors : « Au Loup-Vert! Au Loup-Vert! » Entre toute la bande. — Un premier individu portant une clochette et une longue badine; puis le Loup-Vert couvert d'une longue houppelande verte et d'une cagoule; on ne lui voit que les yeux; un grand bonnet pointu. — Dans la bande, Mandart et Doucet, paysans, paysannes. — Tout le monde se tient par la main, comme dans une farandole. — On entoure l'aubergiste.)

SCÈNE CINQUIÈME.

LES MÊMES, LE LOUP-VERT (Chanterelle), MANDART, DOUCET, PAYSANS, PAYSANNES.

TOUS. Au Loup-Vert! Au Loup-Vert!!

LE LOUP-VERT. Le Loup-Vert vous remercie! A boire, maintenant! Et toi, porteur de clochettes, n'oublie pas ton devoir : jusqu'à ce qu'il soit minuit, tu ne dois laisser un gars embrasser une fille, tu ne dois pas laisser prononcer une parole inconvenante, sans agiter ta sonnette! Lorsqu'il sera minuit, les amoureux pourront échanger des baisers et s'égarer dans les petits chemins !...

LE PORTEUR DE CLOCHETTES. C'est compris, Loup-Vert! (Il se perd dans les groupes.)

LE LOUP-VERT. Donne-nous du cidre, aubergiste?

(Entrent deux servantes d'auberge qui versent du cidre.)

MANDART. Veux-tu, ma belle citoyenne, que je te paye en baisers ?

YVETTE. Ça n'serait point cher !

MANDART. Oh ! je n'en serais point avare... *(Il va pour l'embrasser, le porteur de clochettes carillonne.)*

DOUCET. A l'amende d'un pot de cidre !

(Pendant ce temps, Quatre-Pattes, Berthe, Pomme-d'Api, mendient dans les groupes.)

QUATRE-PATTES. *(Au Loup-Vert.)* La charité, citoyen !

LE LOUP-VERT. *(Surpris.)* Ah ! Ah !

BERTHE. *(De l'autre côté.)* Un p'tit assignat, s'il vous plaît !

LE LOUP-VERT. *(De même.)* Oh ! Oh !

BERTHE. *(Bas.)* On va travailler ce soir !

LE LOUP-VERT. *(Bas.)* Duramé est là !

BERTHE. *(De même.)* Oui ! — *(Elle s'éloigne avec Quatre-Pattes.)*

POMME-D'API. La charité, citoyens !... *(Récitant.)* « Je suis « une orpheline ; de pauvres bûcherons me trouvèrent... »

L'AUBERGISTE. *(Continuant sur le même ton.)* « Un jour dans la forêt !... » Je sais la suite. — Si tu veux entrer comme servante à mon auberge, je te prends. Tu seras très-heureuse..., je t'aimerai bien...

POMME-D'API *(Fouillant dans les poches de l'aubergiste.)* Et vous me donneriez des confitures ?...

L'AUBERGISTE. Oui... Alors, tu vas rester ?

POMME-D'API. *(Jouant la coquetterie.)* Non !...

L'AUBERGISTE. *(Allumé.)* Pourquoi ?...

POMME-D'API. Parce que...

L'AUBERGISTE. *(De même.)* Parce que... quoi ?

POMME-D'API. *(De même.)* Parce que cela me rendrait triste de voir tout le temps une tête aussi laide et aussi vieille que la vôtre... *(Lui riant au nez.)* On dirait un vieux bouc ! *(Rires.)*

L'AUBERGISTE. *(Vexé, lui tournant le dos.)* Cette petite est décidément bien mal élevée...

LE LOUP-VERT. Mes amis, en attendant le feu de la Saint-Jean, il faut chanter la ronde du Loup-Vert.

TOUS. Oui ! Oui ! la ronde !

MANDART. Voilà, citoyens.

MANDART. La ronde du Loup-Vert.

I.

Le couvent d'Jumiéges avait un bel âne
　　Qu'un loup dévora
　　　Ah ! ah ! ah !
Mais sainte Austreberth'courageuse et crâne
Un jour de Saint-Jean au loup réclama
　　　Ha ! ha ! ha !
　　Au loup réclama
　　　Ah ! ah ! ah !
TOUS. *(Parlé.)* Au Loup-Vert !

II.

Le loup tout surpris de cette visite
　　Dit : Que voulez-vous !
　　　Hou ! hou ! hou !
La Sainte lui dit : Suis-moi vite, vite,
Et le loup devint docile et très-doux
　　　Hou ! hou ! hou !
　　Docile et très-doux !
　　　Hou ! hou ! hou !
TOUS. *(Parlé.)* Le Loup-Vert !

III.

Depuis ce temps-là, les gens de Jumiéges
　　Qui sont gais et gros
　　　Oh ! oh ! oh !
Eloignent d'eux tous sorts et sortilèges
En fêtant le loup qui n'a plus de crocs
　　　Ho ! ho ! ho !
　　Qui n'a plus de crocs !
　　　Oh ! oh ! oh !
TOUS. *(Parlé.)* Le Loup-Vert !

TOUT LE MONDE.

Voici la Saint-Jean, l'heureuse journée,
Que nos amoureux vont à l'assemblée,
Marchons joli cœur, la lune est levée !

LE LOUP-VERT. Et maintenant, tous à la Grande-Place. Moi, je reste ici pour vous préparer une surprise !

TOUS. Vive le Loup-Vert ! *(Ils sortent bruyamment, riant et chantant. Restent Le Loup-Vert, Mandart, Doucet,* Berthe, Quatre-Pattes et Pomme d'Api. — *L'aubergiste accompagne les paysans à la porte du fond.)*

LE LOUP-VERT *(A Berthe.)* Sortez tous les trois, mais ne vous éloignez pas trop.

BERTHE. Entendu.

L'AUBERGISTE. *(Redescendant.)* Comment, vous êtes encore-là, vous autres ? Voulez-vous vous en aller !

POMME D'API. C'est bon, c'est bon ! on s'en va... *(Revenant près de lui.)* Hou ! qu'il est laid. *(Ils sortent en riant tous les trois.)*

SCÈNE SIXIÈME.

L'AUBERGISTE, LE LOUP-VERT, puis DOUCET et MANDART.

L'AUBERGISTE. *(Se frottant les mains.)* Alors, vous allez leur préparer une surprise, aux habitants de Jumiéges ? *(Il rit.)*

LE LOUP-VERT. *(Riant aussi.)* Oui, et à vous aussi... Et une belle ! A votre santé, l'aubergiste !

L'AUBERGISTE. A la vôtre ! *(Ils trinquent.)*

LE LOUP-VERT. *(Entraînant l'aubergiste à gauche.)* Eh bien ! citoyen aubergiste,... et les affaires ? Vont-elles comme vous voulez, les affaires ? *(Il lui met les deux mains sur les épaules pour l'empêcher de se retourner.)* Mais vous avez une mine superbe et une santé excellente... Quel âge avez-vous donc ?

L'AUBERGISTE. *(Avec coquetterie.)* Soixante-cinq ans. *(Doucet entre silencieusement dans la maison par la porte de droite.)*

LE LOUP-VERT. Vraiment ! Jamais on ne le croirait ! Et vos parents... vos chers parents, comment se portent-ils ?

L'AUBERGISTE. *(Distrait.)* Pas mal, merci ! Il y a soixante ans qu'ils sont morts.

LE LOUP-VERT. Les pauvres gens ! Et vos enfants vont bien ?

L'AUBERGISTE. Pas mal, merci !... Je n'en ai pas. *(Mandart entre à son tour par la porte de droite.)*

LE LOUP-VERT. Allons, tant mieux !

L'AUBERGISTE. Pourquoi ?

LE LOUP-VERT. Parce que personne n'attend votre héritage.

L'AUBERGISTE. *(Un peu inquiet.)* Mais... je ne suis pas riche.

LE LOUP-VERT. Alors, tant pis, personne ne pleurera votre mort.

L'AUBERGISTE. *(Avec un soubresaut.)* Eh ! mais je n'ai pas envie de mourir... *(A part.)* Il est embêtant ce Loup-Vert ! *(Haut.)* Il faut que j'aille surveiller ma cuisine. *(Mouvement de sortie.)*

LE LOUP-VERT. *(L'arrêtant.)* Attendez-donc ; je voulais vous demander autre chose.

L'AUBERGISTE. *(De même.)* Je reviens.

LE LOUP-VERT. *(De même.)* Une minute.

L'AUBERGISTE. *(S'échappant.)* Non pas, ça brûle ! *(Il entre à droite en courant.)*

LE LOUP-VERT. Ma foi, tant pis pour lui ! Débarrassons-nous de tout ça. *(Il ôte sa cagoule et sa houppelande.)* Bonne idée qu'a eue Duramé ! De cette façon, personne ne me reconnaîtra ! Et maintenant, Chanterelle, mon ami, ouvre l'œil !... *(Il se remet à boire en fredonnant.)*

SCÈNE SEPTIÈME.

CHANTERELLE, L'AUBERGISTE.

L'AUBERGISTE. *(Rentrant effaré.)* Au voleur !... Citoyen, on me vole !...

CHANTERELLE. *(Tranquille.)* Allons donc ! On vous vole... Vous, un honnête homme !

L'AUBERGISTE. Oui... Secourez-moi... Au voleur ! *(Il court vers la porte du fond. Chanterelle l'arrête.)*

CHANTERELLE. *(Même jeu.)* Taisez-vous ! Ne criez pas ! Ne faites ça !

L'AUBERGISTE. *(S'arrêtant, étonné.)* Pourquoi ?

CHANTERELLE. Vous pourriez attirer toute la bande... des gendarmes !

L'AUBERGISTE. C'est ce que je veux... Ils pillent ma maison, citoyen !... Au vol !...

CHANTERELLE. *(Lui mettant la main sur la bouche.)* Ce sont des misérables. — Donnez-moi le signalement des objets volés...

L'AUBERGISTE. Mais c'est mon argent qu'ils prennent... Au vol...

CHANTERELLE. (*Même jeu.*) Diable! En avez-vous beaucoup?

L'AUBERGISTE. (*Affolé.*) Oui... Non... Toute ma vie je me suis privé de tout... J'ai été avare,... oui, avare! Ah! je l'aime, mon argent! Je les entends qui remuent mes louis d'or... Mes beaux louis d'or!!! (*Mandart sort de la maison portant un sac d'écus.*) Tenez! En voilà un!... Ah! voleur!! (*Il veut se précipiter; Chanterelle l'arrête.*)

CHANTERELLE. (*Toujours froid.*) Ne voyez-vous pas que cet homme est plus fort que vous... il vous tuerait!

SCÈNE HUITIÈME.

LES MÊMES, MANDART, DOUCET, puis DURAMÉ.

L'AUBERGISTE. Ah! misérables! ah! voleurs!! Non, non, citoyens!... Ne me prenez pas tout, au moins! Cet argent n'est pas à moi... C'est le pain de mes enfants... Je vous en donnerai un peu, citoyens voleurs,... mais ne laissez pas mes cheveux blancs dans la misère.

DOUCET. (*Sans l'entendre, ouvrant un sac.*) Des écus... la part du Meg! (*Il le reficelle.*)

MANDART. (*Même jeu.*) Encore des écus!... Comptons! (*Il vide le sac sur la table.*)

CHANTERELLE. (*Très-doux.*) Ça ne fera pas lourd à chacun... (*A l'aubergiste.*) Dis donc, imbécile! C'est là tout ce que tu possèdes?

L'AUBERGISTE. (*Abasourdi.*) Oui, citoyen bandit!... Vous n'en avez pas encore assez? (*Éclatant.*) Ah! canailles!

CHANTERELLE. (*Goguenard.*) Et tes « beaux louis d'or »?... Allons, voyons, sois mignon; va nous les chercher!

DOUCET. Et verse-nous à boire.

L'AUBERGISTE. Moi!!

CHANTERELLE. Oui; que diable! Sois un peu complaisant! Tiens, aide-nous à compter ces écus...

L'AUBERGISTE. (*Fou de rage contenue.*) Que je vous aide...?

MANDART. — Eh! parbleu! Nous te payerons. (*Lui jetant un écu.*) Tiens, je paie d'avance! (*L'aubergiste le ramasse, l'essuie instinctivement et le met dans sa poche.*)

CHANTERELLE. A boire, l'aubergiste! Du cidre!

L'AUBERGISTE. (*Sombre.*) Voilà! voilà!... J'y vais! (*Il se dirige vers la maison.*)

MANDART. Et apporte-nous ton sac d'or!

L'AUBERGISTE. Je n'y manquerai pas... (*Il entre. Tout-à-coup, il revient, un énorme couteau de cuisine à la main, et se précipite sur le groupe le bras levé.*) Tiens, bandit!!!

DURAMÉ. (*Qui est entré sur les derniers mots; arrêtant le bras de l'aubergiste.*) Holà! doucement, mon bonhomme!...

CHANTERELLE. Duramé!

MANDART. Le Meg!

DOUCET. Il arrive à temps!

SCÈNE NEUVIÈME.

LES MÊMES, DURAMÉ.

DURAMÉ. (*A l'aubergiste, lui serrant le poignet.*) Laisse tomber ce couteau... ne joue plus avec ces joujoux-là! tu te couperais! Et regarde-moi, maintenant, si tu veux voir Duramé! Je n'ai pas l'air, n'est-ce pas, d'un homme qui recule devant quoi que ce soit; eh bien, foi de Duramé, si tu recommences cette tentative, tu es un homme mort.

L'AUBERGISTE. Tuez-moi donc.

DURAMÉ. Je n'aime pas le travail inutile. N'as-tu pas d'autre argent que celui-là.

L'AUBERGISTE. Non, citoyen. Je vous le jure.

DURAMÉ. Vraiment. Je te soupçonne de me mentir. Ecoute-moi. Quand nous arrivons dans la maison d'un de tes pareils, il est bien rare qu'il se décide tout seul à nous dire où est sa cachette. Et cependant nous la trouvons toujours. Nous avons un moyen de délier la langue aux avares qui a toujours réussi. Comme je vais peut-être avoir à te l'appliquer, il est bon que tu le connaisses. L'un de nous saisit le bonhomme et lui lie les mains. Nous lui mettons le couteau sur la gorge. Le plus souvent, c'est insuffisant, et ces gens-là tiennent tellement à leur argent qu'ils se feraient tuer plutôt que de l'abandonner.

L'AUBERGISTE. Je ferai comme eux.

DURAMÉ. Mais cela ne nous satisfait pas. Nous ne voulons pas la mort du pêcheur. Nous lui retirons ses sabots, et, de crainte qu'il ait une congestion à la tête, nous lui approchons les pieds du feu. S'il ne se décide pas par reconnais-sance, nous les lui approchons un peu plus près..., puis plus près encore. Et comme on a la plante des pieds sensible, que c'est une atroce douleur que d'y être brûlé, nous obtenons toujours ce que nous voulons. Je te soupçonne d'avoir encore de l'argent caché. Veux-tu nous dire où il est?

L'AUBERGISTE. Et si je refuse?

DURAMÉ. (*A ses complices.*) Allez-y!

(*Mouvement des bandits.*)

L'AUBERGISTE. Non. Non. Venez. (*Il emmène Duramé à droite.*)

DURAMÉ. Après vous, Monsieur, je vous en prie.

(*L'aubergiste entre le premier dans la maison. Duramé entre après lui.*)

SCÈNE DIXIÈME.

MANDART, CHANTERELLE, DOUCET. (*Ils empochent leur argent.*)

CHANTERELLE. Il se pourrait bien que le patron ait fort à faire. L'aubergiste a l'air sournois.

DOUCET. Duramé saura se défendre.

MANDART. Il peut bien s'exposer un peu. Sa part est assez grosse. Il reçoit à lui seul autant que nous tous ensemble.

DOUCET. Si l'on a si peu de bénéfices, je regretterai le temps où j'étais pâtissier, rue Malpalu.

MANDART. Ah! si nous pouvions nous passer de lui.

CHANTERELLE. Ou faire une expédition sans qu'il le sache.

DOUCET. Voyez ce qui est arrivé aujourd'hui même à Duramé fils, Thorel et Nicolas. Ils avaient arrêté la voiture de Rouen sans en parler au patron et il leur a fallu rendre leurs bénéfices.

CHANTERELLE. Aux voyageurs?

DOUCET. Aux voyageurs...

L'AUBERGISTE. (*Dans la maison.*) Grâce!

MANDART. Ecoutez donc... Je crois que l'aubergiste et le patron ne sont pas d'accord.

(*On entend un cri étouffé de l'aubergiste.*)

DOUCET. Tiens! l'aubergiste reconnaît qu'il a tort.

(*Berthe paraît derrière la grille précédant Déronchelle, Jeanne, Castel et Guillemette.*)

BERTHE. Ouvrez, citoyen aubergiste. Voilà vos voyageurs qui reviennent de la fête.

MANDART. L'aubergiste cause affaires avec un client. Je vous ouvrir la porte pour lui.

(*Mandart va ouvrir. Entrent Berthe, Déronchelle, Quatre-Pattes, Castel, Jeanne et Guillemette.*)

SCÈNE ONZIÈME.

LES MÊMES, BERTHE, DÉRONCHELLE, CASTEL, QUATRE-PATTES, JEANNE, GUILLEMETTE, puis DURAMÉ.

BERTHE. Entrez, ma belle demoiselle. C'est la maison du bon Dieu.

GUILLEMETTE. Qué belle fête. Mais qu'no était choulé dans c'monde. No n'povait pas se r'muer.

DÉRONCHELLE. Quelle beau feu de Saint-Jean. La fête est terminée maintenant et tout le monde dort.

CASTEL. Nous allons reprendre vos bagages et nous rendre chez mes parents.

JEANNE. C'est cela.

BERTHE. (*Aux bandits.*) J'ai ramené du gibier.

(*Duramé paraît à la porte de droite. Pendant ce qui suit, Guillemette et Déronchelle se chargent des bagages. Jeanne et Castel causent ensemble, à gauche.*)

MANDART. (*A Berthe, bas.*) Bonne affaire. Voici le patron. Préviens-le.

BERTHE. (*A Duramé, bas.*) L'ouvrage a-t-elle été faite proprement?

DURAMÉ. (*De même jusqu'à la fin de la scène.*) Oui.

BERTHE. Pas vu par personne?

DURAMÉ. Si, par l'aubergiste.

BERTHE. T'as pas peur qu'il bavarde?

DURAMÉ. Non. Il est devenu muet.

BERTHE. T'as été forcé de...

DURAMÉ. Pour me défendre.

BERTHE. Nous serons plus tranquilles. J'ai amené des voyageurs. Ils doivent avoir de l'argent. Ils sont quatre: nous sommes six. Faut-il travailler.

DURAMÉ. Je n'y tiens pas.

BERTHE. Tu deviens paresseux, François. Je te dis qu'ils ont de l'argent.

DURAMÉ. Eh bien!

DÉRONCHELLE. Allons! nous y sommes! Au revoir, la compagnie!

BERTHE. (*Bas à Duramé.*) Décide-toi. Ils partent.

JEANNE. Donnez-moi votre bras, Henri ?

DURAMÉ. Eh bien !... soit !... mais vivement. (Il fait un pas et aperçoit Jeanne.) Arrête ! (A lui-même.) Elle ! Deux fois dans la même journée ! (A Berthe.) Je ne veux pas que rien n'arrive à cette jeune fille ni aux siens. Tu entends.

BERTHE. (A part.) Ah ! ma jalousie ne se trompait pas. (Haut) Pourquoi ça ? Tu la connais donc c'te jeunesse.

DURAMÉ. Cela ne te regarde pas.

BERTHE. Vraiment ? (Un temps.) C'est bon ! c'est bon ! nous verrons cela !

(Déronchelle, Guillemette, Jeanne et Castel sortent au fond.)

DURAMÉ. (Aux bandits.) Vous allez suivre ces voyageurs sans vous faire voir. Vous me répondez d'eux sur votre tête.

MANDART. Nous servons d'escorte, alors ?

DURAMÉ. Tu l'as dit, Mandart.

CHANTERELLE. Si on les attaque, faudra les défendre ?

DURAMÉ. Oui.

DOUCET. Drôle de métier.

DURAMÉ. Pas un mot de plus. Allez ! Et malheur à vous s'ils n'arrivent pas sains et saufs.

BERTHE. Sains et saufs !...

MANDART. Allons ! Servons les amours du patron, mes enfants.

BERTHE. Ses amours !...

CHANTERELLE. Autant devenir gendarmes.

DOUCET. Ça m'embête, cette corvée. On a son amour-propre.

DURAMÉ. Eh bien ! J'attends.

MANDART. Voilà, patron.

(Ils sortent.)

(Berthe reste au fond, à les observer.)

DURAMÉ. (Amenant Quatre-Pattes sur le devant de la scène.) Tu l'as reconnue... Tu sais pourquoi je protége cette jeune fille...

QUATRE-PATTES. Je le sais, patron. C'est parce qu'elle est votre propre enfant ; parce qu'elle est votre fille. Vous avez voulu la voir heureuse et honorée, et, sur vos ordres, je l'ai substituée, il y a bien longtemps, au berceau, à celle du citoyen Déronchelle.

DURAMÉ. Tu sais aussi combien je l'aime, cette enfant. Veille sur elle... veille sur ma fille. Je compte sur toi... Pas un mot !

QUATRE-PATTES. Compris. (Il s'éloigne.)

BERTHE. Que lui a-t-il dit... (A Quatre-Pattes). Reste...

QUATRE-PATTES. Non. Je suis pressé... je prends mes jambes à mon cou... Bonsoir.

DURAMÉ. (A lui-même.) C'est peut-être la seule bonne action que j'ai faite de ma vie. Je l'aimais trop, ma fille, pour la garder près de moi... et elle ne saura jamais...

SCÈNE DOUZIÈME.

BERTHE, DURAMÉ.

(Duramé est sur le devant de la scène, et paraît réfléchir. — Berthe descend et vient lui frapper sur l'épaule.)

BERTHE. (Câline.) Tu rêves tout debout, mon cher François. Tu as l'air d'un amoureux transi... Tu m'aimes toujours, n'est-ce pas... Regarde-moi... A quoi penses-tu ?

DURAMÉ. A rien. Mêle-toi de tes affaires.

BERTHE. (Changeant de ton.) C'est ce que je fais. Par caprice, tu nous as empêchés de travailler. Tu fais reconduire les bourgeois avec des gardes d'honneur. Est-ce que tu as l'intention de concourir pour le prix Montyon ? Je veux savoir pourquoi tu as défendu de voler ces gens-là et pourquoi tu les protéges.

DURAMÉ. Parce que ça me plaît.

BERTHE. Dis donc, Duramé, me prends-tu pour une autre ? S'il y a quelqu'un qui ait le droit de te demander des comptes, c'est moi. On m'appelle Berthe, aujourd'hui, et pour toute ta bande je suis ta femme. Est-ce que tu ne m'aimes plus ?

DURAMÉ. Si. Après. Qu'est-ce que tu veux ?

BERTHE. Je veux... je veux ton secret.

DURAMÉ. Je n'en ai pas.

BERTHE. Tu mens. Tu as une raison pour être si tendre envers ces bourgeois. Je veux la savoir.

DURAMÉ. Assez ! Souviens-toi que personne ne dit : « Je veux, » devant moi. Voilà deux fois que tu l'as dit. C'est trop.

BERTHE. Vraiment ! Eh bien, je le dis encore... Je veux ton secret. Entends-tu, je veux. Qu'est-ce que tu vas me faire, maintenant ?

DURAMÉ. (Debout.) Ah ! prends garde...

BERTHE. Et puis après. Tu vas me tuer, peut-être. T'oserais pas... (Changeant de ton.) Fais donc pas de mystères avec ta femme, François. Sois donc gentil... Fais une risette... Il vaut mieux tout m'avouer. Tu crois que je ne sais rien. Eh bien, je sais tout.

DURAMÉ. Tu sais tout !

BERTHE. Oui. Elle est gentille, Jeanne Déronchelle, n'est-ce pas ? Et tu l'as remarqué...

DURAMÉ. (Violemment.) Tais-toi ! si tu tiens à ta peau, tais-toi.

BERTHE. Ah ! il ne faut pas profaner tes amours.

DURAMÉ. Assez !

BERTHE. Crie pas si fort..., tu pourrais réveiller le monde ou faire venir des curieux. Je dis que ce n'est pas pour les beaux yeux du garde national que tu fais rendre à sa famille les honneurs militaires. Tu as une raison.

DURAMÉ. Eh bien ! oui.

BERTHE. Je dis que cette raison, c'est la jeune fille.

DURAMÉ. Je ne te répondrai pas.

BERTHE. Je comprendrai tout aussi bien. — Duramé, j'ai été jadis une honnête fille. Tu m'as prise, tu m'as faite semblable à toi. Je ne le regrette pas ; les honnêtes gens sont trop bêtes. Mais maintenant, je suis capable de tous les crimes. Comme toi. Je suis ton élève. J'ai profité de tes leçons et je te ferai honneur. Je ne sais pas si j'ai encore de l'amour pour toi, mais je suis jalouse. Je t'ai : je te garde. Tu m'as séparée du reste de la terre ; c'est bon ; mais tu es ma proie comme je suis la tienne. Je te le répète, je suis jalouse : assez pour te dénoncer, te perdre et me perdre avec toi.

DURAMÉ. Dénonce-moi donc...

BERTHE. Assez encore pour tuer celle que tu me préférerais.

DURAMÉ. Et tu crois que Jeanne...

BERTHE. Je le crois.

DURAMÉ. Tu te trompes, Berthe ! tu te trompes. Je te le jure !

BERTHE. (Riant.) Ah ! Ah ! Ah ! Des serments ! De toi. Duramé, à moi ! Ton amour te fait perdre la tête.

DURAMÉ. Je te défends, encore une fois, la dernière, de parler ainsi de cette jeune fille !

BERTHE. Tu n'en es pas amoureux ?

DURAMÉ. Non !

BERTHE. Alors ! laisse-moi l'enlever. Nous la rendrons à ses parents contre une forte somme.

DURAMÉ. Si jamais tu faisais cela...

BERTHE. Ah ! Ah ! Tu le vois bien ! Tu avoues ! Écoute-moi. Tu sais quelle femme je suis, n'est-ce pas ? Eh bien ! je te jure que je me vengerai ! Non sur toi, mais sur elle ! Ah ! tu m'as abaissée jusqu'à toi, et tu veux me quitter !... Avant que ta maîtresse...

DURAMÉ. (Lui saisissant les poignets et la renversant.) Misérable ! Tais-toi...

BERTHE. (A terre.) Ah ! je me vengerai !

(Se relevant.) Mais tue-moi donc ! lâche ! tue-moi donc !

DURAMÉ. Malheur à toi. (Il tire son couteau et va frapper... Son bras retombe.) Non !... Je te fais grâce !

(Il sort.)

BERTHE. (Seule.) Tu as tort, Duramé ! car je ne fais pas grâce, moi !... ni à cette fille, ni à toi !

RIDEAU.

ACTE DEUXIÈME.

30 Juin 1797. — Chez Déronchelle, Grande-Rue, à Rouen.

Une pièce au premier étage. Il est neuf heures et demie du soir. Portes au fond, à droite et à gauche. En pan coupé, à gauche, une fenêtre. A droite, second plan, une autre porte dissimulée par une tapisserie. Au milieu, un peu à gauche, une table que Guillemette apprête au lever du rideau.

SCÈNE PREMIÈRE.

GUILLEMETTE. (Seule, tout en disposant la table.) V'là la nuitée qui est venue et les bourgeois ne reviennent pas. Il est vingt minutes moins d'dix heures, l'spectacle est fini pourtant. D'puis huit jours, d'puis la fête du Loup-Vert à Jumièges, j'sis toute éjugée, toute inquiète ; j'vois des ban-

dits à chaque momin. Et quand j'pense qu'les rues sont naires, qu'y n'y a pas un seul reverbère dans tout' la ville parceque l'huile à quinquets est trop chère !... Ah ! j'entends du bruit... les v'la. C'est que m'sieu Castel a voulu montrer à sa future et à not' maître les magiqueries du Théâtre de la République... Le souper est-il prêt ?
(Entrent Déronchelle, Jeanne et Castel. — Déronchelle portant une lanterne.)

SCÈNE DEUXIÈME.

DÉRONCHELLE, JEANNE, CASTEL, GUILLEMETTE.

DÉRONCHELLE. En voilà un spectacle qui finit tard ! neuf heures et demie ! Est-ce une heure pour sortir du théâtre ! Je vous demande un peu ! Si on continue, on commencera à neuf heures et on finira à minuit.

GUILLEMETTE. Qué qu'vous dites là, not' maître. On ne sera jamais assez g'niole pour faire la nuitée c'qu'on peut faire l'jou. Soufflez donc vot' lanterne. (Elle veut la lui prendre.)

DÉRONCHELLE. Attends ! Attends ! Je veux faire ça moi-même. (Il éteint sa lanterne et la donne à Guillemette.) Là. Comme ça, je suis sûr que c'est bien fait. Le souper est-il prêt ? Allons ! les amoureux, vous aurez bien le temps de bavarder dans les petits coins. On parle tout haut quand il y a du monde.

JEANNE. Mais, 'mon père, nous ne disons rien de mal.

DÉRONCHELLE. Raison de plus pour parler haut. Et toi, Guillemette, apporte-moi mon habit de chambre. J'étouffe, là dedans. Il fait une chaleur.

GUILLEMETTE. V'n'allez pas vo déhernequier ici, suppose ? Tout est prêt dans vot' cambre.

DÉRONCHELLE. C'est bon ! on y va... Mais ne crois pas au moins que c'est pour t'obéir...
(Il sort à droite.)

GUILLEMETTE. Allez ! Allez ! J'vas jeter un coup d'œil sur la frigousse.
(Elle sort à gauche.)

SCÈNE TROISIÈME.

JEANNE, HENRI CASTEL.

HENRI. Mais, Jeanne, je vous jure...

JEANNE. J'ai bien vu. Vous l'avez regardée pendant toute la représentation. Je sais bien qu'elle est plus belle que moi,. et plus riche...

HENRI. Quoi, vous me supposez l'âme assez basse pour vous préférer une autre femme parce qu'elle serait plus jolie ou plus fortunée ? C'est me juger mal ; c'est croire que je n'ai cherché en vous que la beauté et la richesse ! Nos anciennes chansons, bien justes dans leur simplicité, disent que cela ne fait pas le bonheur, et je crois à ces vieux refrains, que ma mère tenait de sa mère et avec lesquels je fus bercé. Je vous aime, Jeanne, et...
(Entre Guillemette.)

GUILLEMETTE. Voilà un bon pot d'cidre, du bon boère...

JEANNE (Semblant continuer une conversation). Ce magicien était surprenant, en effet.

GUILLEMETTE. (A part.) Je gagerions que ce n'est point la suite de ce qu'ils disaient tout à l'heure.
(Elle sort.)

HENRI. Je vous aime, Jeanne.

JEANNE. Je le sais, mais je vous en veux de m'avoir fait tant de peine.

HENRI. C'est fini ?

JEANNE. C'est fini !
(Ils se serrent la main et vont s'embrasser. Entre Guillemette.)

GUILLEMETTE. Hum !... (Henri et Jeanne causent tout bas.) J'étions ainsi comme ça avec c'povre Jean Loriot. Non ! c'qui m'taquine, c'est point tant d'l'avoir perdu : c'était un caleux qui s'était vite aguardi ; il rentrait sas pus souvent qu'à son tour, l'povre cher homme, mais c'est embêtant de point savoir c'qu'il est devenu depuis dix-huit ans.
(Entre Déronchelle, en vieil habit et en vieux pantalon, mais le sabre toujours au côté.)

SCÈNE QUATRIÈME.

LES MÊMES, DÉRONCHELLE.

DÉRONCHELLE. Ah ! nous y voilà. La soupe est-elle prête, Guillemette. Et chaude ?
(On se met à table.)

GUILLEMETTE. Pour sûr, monsieur.

DÉRONCHELLE. Eh bien, allons-y gaiement.
(Il tire son sabre, le pose sur la table à côté de lui et dépose le fourreau dans un coin.)

GUILLEMETTE. Ah ! min Dû ! Je n'puis jamais m'habituer à ce petit coutiau-là...

DÉRONCHELLE. Depuis la fête du Loup-Vert, je me méfie. A toute heure du jour et de la nuit, j'attends les brigands, et s'ils viennent, ils me trouveront à qui parler.

HENRI. Raconte-t-on quelque nouveau tour de ce fameux Duramé ?

GUILLEMETTE. Oui, c'matin, au marché, j'ons ouï dire qu'il avait encore dévalisé une auberge du côté de Varengeville, mais on n's'en occupe pus. On jacasse de choses ben pus surprenantes.

DÉRONCHELLE. Quoi donc ?

GUILLEMETTE. La politique. C'est ça qui fait jaser ! V'savez, l'bonnet rouge qu'était sur l'arbre d'la Liberté, sur la place de la Basse-Vieille-Tour ?

DÉRONCHELLE. Eh bien ?

GUILLEMETTE. On l'a peint tricolore.

HENRI. Il en voit de toutes les couleurs, ce pauvre bonnet phrygien.

GUILLEMETTE. Et pis, v'savez qu'y avait écrit « ou la mort. »

HENRI. Oui.

GUILLEMETTE. On a effacé c't'écrit là, les Jacobins n's'ront point contents.

HENRI. Si tout le monde était content, on ne ferait plus de politique.

DÉRONCHELLE. La magie devrait bien trouver cela. Ah ! Guillemette, si le physicien Val donne encore une séance au Théâtre de la République, je le paierai une « troisième, » quoiqu'il m'en coûtera une livre.

GUILLEMETTE. Non, J'aimons mieux aller voir la comédie. On m'en a parlé d'eune belle qu' n'appelle : « La Piété filiale ou la Jambe de bois. » J'préfère mieux ça.

DÉRONCHELLE. Ma foi, elle a raison. Ah ! si vous aviez vu Ribié, lors de l'inauguration de la salle du nouveau Théâtre-Français, il y a cinq ans. En voilà un qui savait faire les pièces, et qui savait les jouer. On ne finissait pas à neuf heures et demie, dans ce temps-là.
(Pendant tout ce dialogue, on mange, on boit, et Guillemette fait le service.)

HENRI. Nous sommes à l'année des nouveautés. Avez-vous vu, dans la nouvelle rue Grand-Pont, la nouvelle boutique qui vient de s'ouvrir à l'enseigne du Singe-Vert ?

DÉRONCHELLE. Oui ! Au lieu d'être comme mon magasin, tout ouverte à la rue, la boutique est close par de grands carreaux de vitres... A l'instar de Paris.

HENRI. Et le soir, elle est éclairée, non pas avec des quinquets, mais avec des chandelles enfermées dans des manchons de verre. Il n'y aurait pas une foule plus nombreuse s'il était arrivé la chose la plus extraordinaire du monde.

GUILLEMETTE. Si la rue Grand-Pont s'était élargie en une nuitée.

DÉRONCHELLE. Sapristi ! j'ai oublié de verrouiller la porte de la rue et de faire ma tournée dans le magasin. (A Henri.) Tous les soirs je regarde derrière les ballots de droguets, ratines et espagnolettes si quelque bandit n'est pas caché. Je reviens.
(Il se lève.)

HENRI. Mais je vais m'en aller... Il se fait tard...

DÉRONCHELLE. Restez encore un peu. Je suis sûr que Jeanne ne s'y opposera pas.
(Il sort.)

HENRI. Est-ce bien vrai que nous ne vous y opposerez pas ?

JEANNE. Vous le savez bien.

GUILLEMETTE. Y n'ont point b'soin d'mé.
(Elle sort.)

SCÈNE CINQUIÈME.

JEANNE, HENRI.

JEANNE. Causons de choses sérieuses. Savez-vous quelle toilette je mettrai le jour de notre mariage ?

HENRI. La date en est-elle fixée ?

JEANNE. Mais oui, dans six mois.

HENRI. Voilà six mois que vous me dites dans six mois, et dans six mois vous me répéterez : dans six mois. Cela vaut la caricature du perruquier qui rasera demain. Fixons une date.

JEANNE. Dans six mois.

HENRI. Soit. Dans six mois nous serons le 30 décembre...

JEANNE. On ne peut pas se marier la veille du jour de l'an

maintenant que la mode est revenue de se souhaiter la bonne année. Mettons sept mois.

HENRI. Bien. Le 30 janvier.

JEANNE. C'est un samedi.

HENRI. Tiens ! Comment le savez-vous ?

JEANNE. J'ai regardé sur le calendrier... parce que papa a une lettre de change à recevoir ce jour-là.

HENRI. Moi qui espérais que vous vous étiez préoccupée de...

JEANNE. N'insistez pas. Cela serait que je ne l'avouerai pas.

HENRI. Merci. Le 30 étant jour de lettre dé change, mettons le 29.

JEANNE. C'est un vendredi.

HENRI. Avez-vous une objection pour le jeudi.

JEANNE. Non.

HENRI. Nous nous marierons donc le jeudi 28 janvier 1798.

JEANNE. S'il plaît à Dieu. Et nous fêterons tous les ans cet anniversaire.

HENRI. Comme vous voudrez. Je ne sais que vous répondre. Comme vous voudrez.

(Entre Déronchelle.)

SCÈNE SIXIÈME.

LES MÊMES, DÉRONCHELLE.

DÉRONCHELLE. Personne. Rien de suspect. (Il pose son sabre sur la table.) Qu'est-ce que vous regardez donc là sur le calendrier ?

JEANNE. Rien... nous...

HENRI. Nous regardions le jour où vous devez recevoir votre lettre de change...

DÉRONCHELLE. Quelle lettre de change ?

HENRI. Celle du 30 janvier prochain.

DÉRONCHELLE. Je n'ai pas de lettre de change à recevoir ce jour-là.

HENRI. Ah ! vraiment ! (Bas à Jeanne.) Petite hypocrite.

DÉRONCHELLE. Qu'est-ce que c'est que cette histoire de lettre de change ?

JEANNE. Mon Dieu, papa, c'est bien simple... Nous regardions, M. Henri et moi, combien de jours il y a encore avant votre fête et nous ne voulions pas vous le dire.

DÉRONCHELLE. Ah ! c'est gentil !

HENRI. (Bas à Jeanne.) Ça c'est un petit mensonge.

JEANNE. (Bas à Henri.) Voulez-vous lui dire la vérité.

HENRI. (De même.) Parfaitement. (Haut.) Nous...

JEANNE. (Bas.) Taisez-vous.

DÉRONCHELLE. Vous disiez, Henri ?

HENRI. Nous vous avons trouvé bien longtemps à faire votre ronde.

DÉRONCHELLE. C'est que je le fais avec soin.

HENRI. Vous craignez donc tant que cela les brigands ?

DÉRONCHELLE. On n'a jamais trop de précautions.

JEANNE. Certes, car je suis encore effrayée par le souvenir du regard que m'a lancé cette mendiante à Jumièges.

DÉRONCHELLE. Je l'ai vu également et cela n'est pas fait pour me rassurer. Mais, dans cette vieille maison, j'ai découvert une cachette où Jeanne serait en toute sûreté.

HENRI. Où donc ?

DÉRONCHELLE. La voici. (Il se lève et va à droite soulever une tapisserie.) Une porte dissimulée, sans serrure apparente et qu'on ne peut ouvrir qu'en appuyant sur un bouton caché dans cette moulure.

JEANNE. Eh bien ! heureusement que je ne suis pas peureuse : toutes ces précautions finiraient pas me rendre malade de frayeur.

HENRI. Je vais prendre congé de vous, car il se fait tard. Au revoir, M. Déronchelle.

DÉRONCHELLE. Au revoir, mon gendre.

JEANNE. Au revoir, M. Henri.

HENRI. Au revoir. (Bas.) 28 janvier 1798. Ne l'oubliez pas !

(On entend frapper à la porte de la rue.)

DÉRONCHELLE. On frappe.

HENRI. N'ouvrez pas...

DÉRONCHELLE. Si, je vais ouvrir... la fenêtre, pour voir qui c'est. (Il va à la fenêtre et l'ouvre.) Qui est là ?

— UNE VOIX. (Au dehors.) Ouvrez sans crainte. C'est un gendarme.

DÉRONCHELLE. Un gendarme !... Voyons. (Il regarde.) En effet (revenant). J'ai vu son uniforme à la clarté de sa lanterne. C'est pour quelqu'affaire de service. Quand on est lieutenant de la garde nationale, on ne s'appartient pas.

(Allant à la porte de gauche). Guillemette ! Guillemette ! Vas ouvrir au gendarme et fais-le monter.

(Guillemette entre.)

GUILLEMETTE. Y n'sont donc pas couchés à c't'heure ?

HENRI. Je profite de ce que Guillemette descend pour m'en aller. Je pars tranquille ; ce gendarme me rassure. A bientôt.

(Henri et Guillemette sortent.)

SCÈNE SEPTIÈME.

DÉRONCHELLE, JEANNE.

JEANNE. (Se levant pour se retirer.) Bonsoir, mon père.

DÉRONCHELLE. Mais, tu ne m'as pas fait ma petite lecture de tous les soirs. Attends. Du reste, tu n'as pas souvent le plaisir de me voir dans l'exercice de mes fonctions. Reste là. Tu vas voir comment un gendarme parle à un lieutenant. C'est malheureux que j'aie quitté mon uniforme... Si j'allais le remettre... Non, je n'aurais pas le temps... Et puis cette simplicité antique est de mise à l'époque où nous sommes... Je l'entends monter... Prends ton livre... Mets-toi là... Moi ici...

(Il s'assied dans une pose prétentieuse.)

(Entre le gendarme.)

SCÈNE HUITIÈME.

LES MÊMES, LE GENDARME (Mandart).

LE GENDARME (l'air absolument abruti). Mon lieutenant... (A part et d'un autre air.) Bien, la demoiselle est ici.

DÉRONCHELLE. Qu'y a-t-il pour votre service, mon ami ?

LE GENDARME (lui présentant une lettre). Tenez... est-ce pour vous ?

DÉRONCHELLE. — Citoyen et citoyenne Durand. Connais pas.

LE GENDARME. Eh ! eh ! vous voulez vous moquer de moi. Ils demeurent dans votre maison.

DÉRONCHELLE. Sachez qu'il n'y a dans notre maison que moi, ma fille et notre servante Guillemette.

LE GENDARME. (A part.) C'est tout ce que je voulais savoir. (Haut.) Eh ! eh ! C'est bien. Vous n'êtes pas forcé de tout dire.

DÉRONCHELLE. Allez-vous-en, imbécile !

LE GENDARME. Voilà ! voilà ! A bientôt, mon lieutenant.

DÉRONCHELLE. Au revoir ! au revoir ! (Le gendarme va sortir.) Attendez, vous ne sauriez pas retrouver la porte tout seul.

LE GENDARME. (A part.) Que si. (Haut.) C'est vrai. Je sais ce que je voulais savoir.

DÉRONCHELLE. Guillemette ! Reconduisez cet homme !

GUILLEMETTE (du dehors). Oui, not'maître.

LE GENDARME. Serviteur, mon lieutenant. Compliments, citoyenne.

(Il sort.)

SCÈNE NEUVIÈME.

DÉRONCHELLE, JEANNE.

DÉRONCHELLE. Eh ! poulette ! tu vois quelle crainte et quel respect on a pour ton bonhomme de père. As-tu de la chance d'avoir un papa comme ça. Ah ! Il faut dire aussi que tu es une fifille comme il y en a peu et dont je suis fier. Quand je me promène avec toi sur le port, entre la porte Grand-Pont et la porte Jean-le-Cœur, et que je vois qu'on te regarde, je me redresse dans mon uniforme ; je suis comme un artiste accompagnant son œuvre, et quand on t'admire, il me semble qu'on me crie : Bravo !

JEANNE. Vous m'aimez tant, et vous êtes si bon.

DÉRONCHELLE. Mon Dieu ! évidemment, je suis bon. Je peux bien te dire ça, à toi. Je suis un tantinet vaniteux, et ce qui me gonfle, c'est de penser que cette belle demoiselle est la fille de ce vieux père Déronchelle, un des plus anciens négociants de Rouen, qui a commencé avec rien. Tu ne peux pas comprendre ça ; tu es trop jeune, et puis, tu as trouvé la vie toute dorée en arrivant, mais je puis t'assurer que c'est bon de se dire : Il n'y a rien ici que je n'aie payé d'une fatigue ou d'un sacrifice ; je ne dois rien à personne ; Déronchelle ne doit rien qu'à Déronchelle, et quand à tout cela on peut ajouter quarante ans de travail et d'honnêteté, on a bien le droit d'être un peu orgueilleux et de le laisser voir à une enfant chérie comme toi.

JEANNE. Je comprends : Vous m'avez transmis un nom

qui signifie : labeur et loyauté. C'est grâce à lui que je pourrai épouser un brave et bon garçon comme Henri en est un.

DÉRONCHELLE. C'est pourtant vrai. Il viendra un temps où tu seras mariée. Tu vas voir comme on est drôle quand on est papa. Il est gentil, ton Henri; il a toutes les qualités, eh bien! il y a des moments où j'ai envie de l'égratigner; je le regarde comme si j'étais jaloux de lui. Enfin, c'est vrai, cela! Il n'a rien fait pour que tu l'aimes, ce sansonnet-là.

JEANNE. Mais si : il m'aime.

DÉRONCHELLE. La belle raison!

JEANNE. N'avez-vous pas aimé ma mère pour cette seule raison-là ?

DÉRONCHELLE. Les enfants sont si ingrats.

JEANNE. Oh! le vilain mot.

DÉRONCHELLE. Te fâche pas. C'est pas pour toi que je l'ai dit; c'est pour moi tout seul !

JEANNE. D'abord, nous ne vous quitterons pas.

DÉRONCHELLE (s'asseyant). Vrai? Tu ne me laisseras pas dans un coin quand je serai tout vieux, comme un vieux meuble qu'on met au grenier?

JEANNE. Vous allez me faire pleurer.

DÉRONCHELLE. Non... fais pas ça... Dis-moi... continue à me dire comment nous vivrons quand tu seras mariée.

JEANNE. Nous vivrons ensemble : je vous aimerai bien, Henri vous aimera bien...

DÉRONCHELLE. Et puis après j'aurai des petits enfants que j'aimerai bien. Et après ?

JEANNE. Après ? Eh bien, nous nous laisserons vieillir comme cela tous ensemble, nous vous dorlotterons et vous vous laisserez dorlotter. C'est bien simple.

DÉRONCHELLE. C'est bien simple. Tout simple que ce soit, si ce n'était pas si bête de pleurer à mon âge, je pleurerais.

(Il se mouche bruyamment. Guillemette, qui était entrée depuis quelque temps, fait de même.)

SCÈNE DIXIÈME.

LES MÊMES, GUILLEMETTE.

GUILLEMETTE (pleurant). Met itou, j'savions bien qu'c'est bête, mais j'pouvions point faire autrement !

JEANNE. Pourquoi ça, Guillemette ?

GUILLEMETTE. Quoi que j'deviendrons, met, dans tout cha. J'm'établirai tricheuse, mendiante quoi !

JEANNE. Toi qui m'as élevée, Guillemette, toi qui a remplacé ma pauvre mère... Tu ne nous quitteras pas.

GUILLEMETTE. N'est-ce pas? J'srons toujours bonne à donner la becquée à tes p'tits poulots, pas vrai?

DÉRONCHELLE. Eh ben! et moi, qu'est-ce que je ferai alors ?... Elle me prend ma place, celle-là !

JEANNE. Vous verrez que nous serons tous bien heureux. Dieu est trop bon pour que les honnêtes gens souffrent longtemps. Il peut leur envoyer des épreuves, mais le bien et le bon finissent toujours par triompher.

(A ce moment apparait à la fenêtre restée ouverte l'horrible tête de Chanterelle. Il s'élève à la force des bras jusqu'à la barre d'appui et l'enjambe. Jeanne se trouve tout à fait à droite et ne peut être vue de lui.)

DÉRONCHELLE (affolé). Holà ! Au secours ! Les voleurs !

(Il tombe assis sur une chaise, terrifié, tremblant de tous ses membres, claquant des dents, livide.)

CHANTERELLE. (Parlant au dehors.) Montéz, vous autres.

(Pendant ce temps Guillemette a saisi Jeanne par la main et l'a poussée dans la cachette de droite. La tapisserie est retombée au moment où Mandart entre en scène, et Chanterelle et Doucet le suivent.)

DÉRONCHELLE. Guillemette ! Appelle les gendarmes !

MANDART (toujours en gendarme). Voilà ! voilà !

SCÈNE ONZIÈME.

DÉRONCHELLE, GUILLEMETTE, MANDART, CHANTERELLE, DOUCET.

GUILLEMETTE. (Courant à la fenêtre.) A la garde ! à l'ass...

(Chanterelle l'arrête au passage lui met une main sur la bouche, et la maintient pendant que Doucet lui lie les mains derrière le dos.)

CHANTERELLE. Du calme, la petite mère, inutile de crier. (Il va fermer la fenêtre.) Là comme cela nous sommes chez nous.

DÉRONCHELLE. Misérables !... (Il se lève de la table et va pour prendre son sabre.) Voleurs !...

(Sa main tremblante ne peut saisir l'arme. Il la fait tomber.)

MANDART (ramassant le sabre). De quoi ? de la résistance ?

DÉRONCHELLE (se rongeant les poings). Ah ! je ne peux pas ! J'ai peur !

CHANTERELLE. Va-t-il falloir te tuer ?

DÉRONCHELLE. Me tuer! non ! Je ne dirai rien! Grâce! Ne me tuez pas !

DOUCET. Inutile de l'attacher celui-là.

DÉRONCHELLE. Non, monsieur. Je ne bougerai pas... Dites-moi ce que vous désirez? Je n'ai guère d'argent...

MANDART. Ce n'est pas à ton argent que nous en voulons.. C'est à ta fille

DÉRONCHELLE. Ma fille,.. Ils veulent ma fille!... (Guillemette lui fait un signe, — il reprend, plus calme.) Elle n'est pas là. Vous chercheriez dans toute la maison... elle n'est pas là...

MANDART. Elle y était tout à l'heure...

DÉRONCHELLE. Oui, quand vous êtes venu tantôt, car je vous reconnais... Elle est partie... On est venu la chercher.

CHANTERELLE. En attendant, nous allons visiter la maison. Je vais de ce côté. Descends à la boutique, Doucet, et déverrouille la porte afin que nous ayons de l'espace devant nous s'il en est besoin. Toi, Mandart, reste ici.

(Chanterelle sort à droite et Doucet par le fond.)

DÉRONCHELLE (se remettant un peu). Mais pourquoi voulez-vous m'enlever mon enfant ?...

MANDART. C'est des ordres supérieurs. mon lieutenant.

DÉRONCHELLE. Vous êtes donc bien riches que vous ne voulez pas d'argent ?

MANDART. Riches? Nous ne le sommes guère, mais il faut savoir obéir.

CHANTERELLE (revenant). Rien.

DOUCET. (De même.) Rien.

DÉRONCHELLE. Vous voyez! quand je vous le disais! Tenez. (Indiquant la porte de gauche.) Vous n'avez pas été voir par là. Vous voyez que je n'ai pas peur que vous cherchiez.

CHANTERELLE. (A Mandart.) C'est bien extraordinaire que tu aies vu la demoiselle tout à l'heure et qu'on soit venu la chercher à onze heures du soir.

CHANTERELLE. Nous n'avons peut-être pas bien cherché.

MANDART. Nous avons tout visité. D'ailleurs, comment auraient-ils pu la cacher. Il ne se doutait de rien quand je suis venu.

DÉRONCHELLE (qui est allé chercher de l'argent dans un meuble à droite). Si en leur offrant de l'argent... Voilà cinq louis...

DOUCET. Nous ne pouvons pas nous partager cinq louis à trois...

DÉRONCHELLE. Mon Dieu ! si j'en ai un autre dans ma poche. (Il se fouille.) Oui... ma foi, vous avez de la chance.. Le voici... Mais c'est tout.

(Il retourne sa poche.)

MANDART. Allons ! donne !

(Ils se partagent les six louis.)

DÉRONCHELLE. Au revoir, mes bons messieurs.

DOUCET. Partons. (Ils se lèvent.) Tant pis pour Berthe.

(Ils vont sortir, Berthe entre.)

DÉRONCHELLE. La mendiante de Jumièges !

SCÈNE DOUZIÈME.

LES MÊMES, BERTHE.

BERTHE (restant au fond avec les bandits). Eh ben ! de quoi ? on s'en va? Et la jeunesse, la demoiselle, on n'y pense plus. On boit, et on oublie pourquoi on était venu!

CHANTERELLE. La jeune fille est sortie. On est venu la chercher.

BERTHE. Tu te moques de moi? Tu le moques de moi? ça, tous les trois, vous avez donc du jus de navet dans les veines. Faudra apprendre le métier de fleuriste, c'est tendre et délicat. Malheur! ça, des hommes! ça, des chauffeurs! des poltrons et des niais, voilà tout.

MANDART. Assez, Berthe. Tu nous as demandé d'enlever la citoyenne Déronchelle, et pour cela tu as profité de l'absence du Meg. Nous sommes venus : elle n'est pas là, nous n'y pouvons rien...

BERTHE. On vous a dit : « La citoyenne n'est pas là, » et ça vous suffit. Vous pourriez attendre qu'elle vienne vous rendre visite ? Allons ! regardez-moi un peu, et vous allez voir comment on travaille. Vous profiterez de la leçon une autre fois. (Elle retrousse ses manches, d'un coup de poing elle renverse la lampe à quinquet qui était sur la table.) Maintenant, réfléchissons : qu'est-ce que vous avez à faire ?

2

Enlever la fille à ce bonhomme. La fille était ici quand tu es venu, gendarme. Elle ne s'est pas évaporée depuis.

DÉRONCHELLE. Mais je vous jure bien...

BERTHE. N'use pas ta langue, mon vieux, t'en auras besoin tout à l'heure.

DOUCET. Nous avons cherché dans toute la maison. Elle n'y est pas.

BERTHE. Ah! ah! Elle n'est pas dans les endroits où vous avez cherché, cela ne veut pas dire qu'elle ne soit pas dans la maison; seulement, elle est cachée, et elle l'est bien, puisque vous n'avez pu mettre la main dessus. Nous n'allons pas nous amuser à sonder les murs. Nous trouvons ici des gens qui peuvent nous renseigner, il n'y a qu'à leur demander de le faire. (*Elle approche la lanterne de la figure de Guillemette.*) Qu'est-ce que c'est que cette particulière?

GUILLEMETTE. Une honnête femme. Regarde-moi. T'en verrais pas autant dans une glace.

BERTHE. Tu es la mère?

GUILLEMETTE. Non, la nourrice.

BERTHE. Veux-tu nous dire où est la Jeanne?

GUILLEMETTE. Vous povez me brûlez à petit feu, je n'dirons point un mot de plus.

BERTHE (*à ses compagnons*). Inutile d'insister. Les femmes ont la tête dure. Une nourrice comme ça, ça vaut une mère. Nous perdrions notre temps. Voyons le papa.

(*Elle va à Déronchelle.*)

DÉRONCHELLE. Je vous jure qu'elle est partie. A quoi vous servirait-il de me tuer?

BERTHE. Oh! oh! Tu vas me dire où est ta fille, toi.

DÉRONCHELLE. Moi! Que je vous dise... Jamais.

BERTHE (*à ses compagnons*). Voilà notre homme. Veille à la porte, Doucet; toi, Mandart, emmène cette femme et enferme-là. Elle nous gênerait, ici. (*Mandart obéit.*) Toi, Chanterelle, ficelle-moi ce joli coco.

CHANTERELLE. Inutile, il est doux comme un mouton.

BERTHE. Bon.

DÉRONCHELLE. Je vous en supplie, ne faites pas de mal à mon enfant, ne me faites pas de mal.

BERTHE. Pas la peine de te fatiguer, mon vieux, tu ne m'attendrirais pas. Maintenant, une fois, deux fois, veux-tu nous dire où est ta fille?

DÉRONCHELLE. Non.

BERTHE. En avant les grands moyens alors! Nous allons te forcer à parler. Sais-tu comment nous nous y prenons, nous, les chauffeurs.

DÉRONCHELLE. Si je le sais! (*avec un grand sentiment dramatique, et en jouant la scène*). Oui. J'ai connu un malheureux fermier resté infirme à la suite des tourments que lui avaient fait souffrir vos pareils. On en voulait à son argent, et comme il refusait d'indiquer sa cachette, on l'a lié. Je vois encore l'horrible scène... Il pleure, il supplie... on l'attache... on le couche à terre. Les bandits traînent leur victime jusqu'au foyer où flambe le bois, et sur le brasier ardent... ils posent les pieds du malheureux; il ne peut retenir ses cris... Je l'entends!... Je vous dis que je l'entends comme s'il était là... Enfin, à bout de forces, l'homme cède à ces bourreaux... Vous n'allez pas me faire souffrir cela; vous ne serez pas assez cruels... Ah! s'il s'agissait de mon argent. Mais, ma fille! mon enfant! vous comprenez bien que je ne peux pas vous livrer ma fille!

BERTHE. Assez causé. Tu sais ce qui t'attend. Retire tes souliers.

DÉRONCHELLE. Grâce! grâce! Je vous en supplie! N'abusez pas de ma faiblesse.

BERTHE. Tu ne veux pas m'obéir. Allons! Chanterelle, attache lui les mains, et prépare le feu.

DÉRONCHELLE. Non! non! j'obéirai... je vais obéir... (*Un temps.*) (*Il éclate en sanglots.*) Mon Dieu! mon Dieu! je suis lâche! je suis lâche! S'ils ne me tuent pas tout de suite, je vais leur dire, je le sens! Ah! si je pouvais! Que je suis vil et méprisable! (*Bas.*) Lâche! Je suis un lâche! J'ai peur!

BERTHE. Allons! on n'y fera pas de mal, à ta fille.

DÉRONCHELLE. (*Bas.*) Si j'en étais sûr.

BERTHE. On te la rendra.

DÉRONCHELLE. (*Bas.*) On me la rendra. (*Avec force.*) Non! non! Brûlez-moi! Je suis prêt.

CHANTERELLE. Assis-toi là, mon bonhomme. (*Il tire une corde de sa porche.*)

DÉRONCHELLE. Comme l'autre! comme celui que j'ai vu!... Eh bien! Elle est...

(*Un long silence.*)

BERTHE. Parle... Elle est...

DÉRONCHELLE. (*Avec éclat.*) Ah! misérables! vous ne le saurez pas!

(*Il saisit le poignard qu'un des bandits porte à sa ceinture et va s'en frapper. La porte de droite s'ouvre, Jeanne paraît, et lui arrête le bras.*)

JEANNE. Arrêtez, mon père! (*A Berthe.*) Me voici.

DÉRONCHELLE (*la serrant dans ses bras*). Ah! ma pauvre enfant! Il fallait me laisser mourir!

BERTHE. Assez d'attendrissement! Arrive la belle! (*A part.*) Je la tiens, enfin!

DÉRONCHELLE. Jamais!

BERTHE. Allons, Mandart! Allons Doucet!

(*Elle fait un signe. Les bandits vont vers Déronchelle et lui arrachent sa fille, malgré ses cris et ses sanglots. Ils emmènent Jeanne.*)

DÉRONCHELLE. Ma fille! Ma fille!

BERTHE (*qui est restée seule en scène*). T'as bien tort de te faire de la peine, mon bonhomme. Elle ne sera pas malheureuse ta fille, c'est moi qui la soignerai.

(*Elle sort.*)

DÉRONCHELLE. (*Seul.*) (*Scène muette. Il veut crier et ne peut pas... Il va à la fenêtre et l'ouvre.*) Au sec.!... Au!...

(*Sa voix s'étrangle.., la respiration lui manque. Il arrache sa cravate et cherche en vain à crier. Il tombe et éclate en sanglots.*)

RIDEAU.

ACTE TROISIÈME.

La Grotte de Caumont.

L'intérieur d'une grotte, à Caumont. A gauche, premier plan, une lourde porte fermant une crevasse. Au second plan, et traversant la scène à deux mètres du sol, un pont grossier en bois auquel un escalier conduit par le fond et qui fait communiquer deux crevasses. Au fond, à gauche, une ouverture donnant sur la Seine. A droite, premier plan, une table et des siéges, un peu de paille formant litière.

SCÈNE PREMIÈRE.

BERTHE. (*Seule.*) — (*Elle est assise au milieu, un panier à côté d'elle, et, dans son tablier, des carottes qu'elle râcle en chantant :*)

BERTHE.

Men pouer Jean est ben malade,
Ben malad' Dû, merci!
Men p'tit Jean m'a demandé
La milleur ché d'Paris...
J'l'aimais tant, tant et tant,
J'l'aimais tant, chu pouer Jean!

(*Elle laisse tomber ses épluchures dans son panier et va mettre les carottes dans une marmitte qui bout, au fond.*)

BERTHE. Là... ça embaume! (*Elle s'approche de la porte, à gauche, et écoute.*) Pas de bruit... Elle est sage... Ah! je la tiens donc! Ça m'a mis une telle joie au cœur, que depuis trois jours je n'arrête pas de chanter et de rire! Les murs sont épais (*elle rit*) et l'on peut crier, là-dedans! (*Elle ferme la porte à double tour et met la clef dans sa poche.*) Si je mettais une carotte dans ma soupe...

(*Elle revient au milieu et reprend son épluchage et sa chanson.*)

Men p'tit Jean m'a demandé
La milleur ché d'Paris,
Mais j'n'avions pus qu'un'vieill'catte
Qui n'sait qu'hapai d'souris.

(*Plus vite.*) Je l'aimais tant, tant et tant!
Je l'aimais tant, su pouer Jean.

(*Elle éclate de rire nerveusement, et porte au fond le panier et les légumes.*) Ah! ah! ah! Il fait bon vivre aujourd'hui, et je suis bien heureuse!

(*Entre, par le fond, Quatre-Pattes, toujours béquillant et portant d'une ligne à pêche.*)

SCÈNE DEUXIÈME.

BERTHE, QUATRE-PATTES.

BERTHE. C'est toi, Quatre-Pattes?

QUATRE-PATTES. Oui, c'est moi, Quatre-Pattes. Il y a le compte, deux et deux font quatre.

BERTHE. T'as été à la pêche?

QUATRE-PATTES. Oui. J'ai attrapé un coup de soleil.

BERTHE. Faudra-t-il te le faire cuire en friture ou en matelotte?

QUATRE-PATTES. Tu peux bien te moquer de moi. Voilà quatre heures que je donne la becquée aux poissons au bout d'un bâton, c'est pas amusant. Enfin ! je suis content tout de même. Aujourd'hui, ça a mordu un peu.

BERTHE. Tu n'as pas attrapé que ton coup de soleil ?

QUATRE-PATTES. Si je n'avais attrapé que cela, je ne serais pas si gai. J'étais assis sur la berge, et j'avais mis à mon hameçon une amorce irrésistible : une mouche, un ver de terre, un papillon et une boulette de pain. Si je ne prends rien avec ça que je me dis, c'est que les poissons sont des accapareurs. Je lance ma ligne le plus loin que je peux et j'attends. *(Il met à terre son panier, dans lequel est resté l'hameçon de sa ligne et va s'asseoir à quelque distance en tenant sa gaule, dans l'attitude d'un pêcheur.)* J'attends... Le bouchon suit le courant, puis il s'arrête. Je comprends qu'un poisson est attiré par l'amorce, qu'il s'en saisit... Le bouchon s'enfonce... Je ferre... *(Il lève sa ligne. On voit une vieille savate accrochée à l'hameçon.)* Et voilà ce que j'attrape.

BERTHE. Une vieille savate ?
(Ell' éclate de rire.)

QUATRE-PATTES. Une savate pas si vieille que ça. Si j'avais été manchot des jambes, ça aurait bien fait mon affaire. Je te la donne. Je retournerai demain à la même place avec la même amorce pour tâcher de te compléter la paire.
(Il décroche la savate, reprend son panier et sa ligne.)

BERTHE. En attendant, qu'est-ce que tu vas manger pour dîner ? Ta pêche ?

QUATRE-PATTES. T'as rien à me donner ? Tu sais, j'aime mieux rien que de manger ces herbes que tu vas cueillir la nuit...

BERTHE. Ah ! oui, mes bonnes herbes ! C'est des remèdes. Ceux qui en ont pris ont oublié leurs souffrances... T'en veux pas pour déjeuner. T'as raison. Vais tuer une poule.

QUATRE-PATTES. Moi ! tuer une poule, j'oserais jamais. Je ne peux pas voir souffrir les animaux.

BERTHE. Moi non plus, ça me révolutionne. Et l'on dit que la bande à Duramé est composée de féroces bandits !

QUATRE-PATTES. Oh ! moi je suis un bandit pour rire. Mon infirmité m'empêcherait, du reste, de prendre une part active aux expéditions. Et puis j'ai le cœur trop sensible.

BERTHE. C'est comme moi.

QUATRE-PATTES. J'ai manqué de me trouver mal le jour où j'ai attrappé mon premier poisson.

BERTHE. *(Au fond.)* Tu es un paresseux. Tu manges, tu bois, tu te fais loger et tu ne fais rien

QUATRE-PATTES. Moi ? C'est moi qui tiens les comptes. Et puis je risque ma tête tout comme les autres.

BERTHE. *(descendant.)* Où donc ?

QUATRE-PATTES. Il faut bien te mettre dans l'idée, ma pauvre Berthe, qu'un jour ou l'autre nous serons pris et que tu seras guillotinée tout comme moi, quoique je ne l'aie guère mérité. Mais c'est un risque à courir.

BERTHE. Parle pas de ça, Quatre-Pattes, ça m'épouvante. Tu crois donc qu'on me...

QUATRE-PATTES. Eh ben, on se gênerait !... Moi, j'aurai peut-être la chance de m'en tirer parce que je ne suis qu'un associé, que je ne *travaille* pas, et que je n'ai assisté à aucune expédition... C'est pas dans mes goûts... mais toi...

BERTHE. Tiens, tu me fais tomber en faiblesse... *(Elle se verse un verre d'eau-de-vie.)* Tu crois donc que les gendarmes réussiront jamais à s'emparer de Duramé ?

QUATRE-PATTES. Eh ! Eh ! On nous poursuit de près depuis quelque temps. Nous ne moisissons pas dans un logement. Voilà quinze jours que nous sommes installés aux grottes de Caumont et l'on n'y a pas encore vu Duramé. Preuve qu'il est inquiet.

BERTHE. C'est vrai.

QUATRE-PATTES. Je sais bien qu'il va venir aujourd'hui, il l'a fait dire par la petite Pomme-d'Api.

BERTHE. *(vivement. Elle se lève.)* Il va venir aujourd'hui ?

QUATRE-PATTES. Oui. T'as pas l'air contente de revoir ton époux...

BERTHE. Si. Si.

QUATRE-PATTES. Il vient de Rouen.

BERTHE. De Rouen ?

QUATRE-PATTES. Eh bien, oui, qu'est-ce qu'il y a là d'extraordinaire ?

BERTHE. Rien.
(Elle regarde du côté de la porte de gauche et boit un nouveau verre d'eau-de-vie.)

QUATRE-PATTES. Qu'est-ce que tu as à regarder cette porte-là ?
(Il va à gauche.)

BERTHE. Où vas-tu, par là ?

QUATRE-PATTES. *(A part.)* Oh ! oh ! il y a quelque chose là-dessous... *(Haut.)* Je vais chercher un autre panier plus grand pour mettre mon poisson.

BERTHE. T'en as pas besoin.

QUATRE-PATTES. Si. Si. *(Il passe.)* Tiens ! la porte est fermée... et la clef n'est pas à la serrure.

BERTHE. *(Portant la main à sa poche.)* Non.

QUATRE-PATTES. *(qui a vu le mouvement. A part :)* Elle est dans la poche.

BERTHE. C'est Chanterelle qui l'a emportée.

QUATRE-PATTES. Ah ! c'est bien. Alors je m'en vais tâcher de te compléter ta paire de savates.

BERTHE. C'est ça. Va. *(Elle va à un coin et en rapporte un morceau de pain, une bouteille de cidre et un gobelet.)* Tiens, mets ça dans ton panier. T'auras peut-être faim.

QUATRE-PATTES. Merci.

BERTHE. Je suis bonne, hein ?

QUATRE-PATTES. Oh ! oui, alors. Je m'en vais. *(Bas.)* Pas bien loin.
(Il sort lentement par le fond avec sa gaule sur son épaule et son panier au bras, en chantant :)

C'est la servante à Nicolet
Que c'est à coudre son bavolet
Sure l'âne et le bât et le saque de blé !...

SCÈNE TROISIÈME.

BERTHE. *(Seule.)* A Rouen !... Il est à Rouen... Il la cherche peut-être... S'il s'est aperçu de sa disparition, il me tuera... Après ! S'il ne m'aime plus, que m'importe la vie ! Oui, c'est cela... je mourrai, je ne penserai plus, je ne souffrirai plus... Mais je ne serai plus là... s'il la retrouve, — et c'est possible, — ils vivront tous les deux ensemble... Il l'adorera... elle... Ah ! rien que d'y penser, ça me tenaille le cœur !... Il me semble que dans la tombe même, j'entendrai leurs baisers et que j'en souffrirai comme si l'on m'écorchait toute vive !... Elle dit ne pas l'aimer, mais elle l'aimera ! Comment pourrait-on ne pas en être folle, de cet homme ! Je l'aime dans ses vices ; je l'aime à cause de sa cruauté, et ses crimes l'ont grandi à mes yeux, comme les victoires grandissent un héros ! Je l'aime... même quand il me brutalise, quand il me bat. J'aime sa colère, qui me fait trembler et me fait passer, à fleur de peau, le frisson de la peur... Voilà vingt ans qu'il est la terreur de la Normandie, vingt ans que des milliers et des milliers de gendarmes sont à sa poursuite, sans l'atteindre ! Depuis ce temps-là, le soleil ne s'est pas couché une seule fois sans que Duramé n'ait commis un crime. Ah ! c'est un rude homme !... Et cette péronnelle me l'enlèverait ! Mais qu'est-ce qu'il en ferait donc, de cette poupée ! Mais qu'est-ce qu'elle a donc, pour lui plaire, avec sa figure pâle, ses yeux sans ardeur, ses petites mains et son air langoureux ! *(S'attendrissant.)* Ah ! Berthe, c'est peut-être pour cela qu'il l'aime. Oui, c'est pour ça ! c'est pour ça ?
(Elle pleure.)

Je veux savoir si elle l'a vu déjà... ce qu'ils se sont dit... Elle nie tout ! eh, parbleu ! c'est naturel ! Mais je la forcerai bien à parler. Depuis trois jours qu'elle est là, elle se tait... Pourtant, pour la contraindre à avouer, je la laisse mourir de faim... Elle pleure... et c'est tout ! Ah ! je réussirai tout de même à te délier la langue, Jeanne Déronchelle ! et tout de suite !
(Elle prend la clef et ouvre la porte de gauche.)

Allons ! Ho ! Debout !
(Elle sort.)

(Quatre-Pattes paraît sur le pont, avec son panier et sa ligne.)

QUATRE-PATTES. Nous allons donc savoir ce qu'elle a caché là-dedans... Soyons prudent.
(Il se cache.)

(Berthe entre en scène en tenant en main Jeanne, toute pâle, en haillons.)

SCÈNE QUATRIÈME.

BERTHE, JEANNE, QUATRE-PATTES *(Caché.)*

BERTHE. Viens ! viens !

JEANNE. Je ne puis marcher. Vous me faites mal, madame. J'ai faim.

BERTHE. *(Doucement.)* Assieds-toi là.
(Elle la fait asseoir sur le tabouret.)

Bien. *(Elle la regarde longuement.)* Laisse-moi te regarder... Oui, tu es jolie, et la pâleur te va bien.

JEANNE. Je souffre...

BERTHE. Oui, tu as faim... Eh bien, je vais te donner à manger.

JEANNE. Oh! que vous êtes bonne!

BERTHE. Tout à l'heure... Tu peux bien attendre encore un peu... Sois gentille, Jeanne... dis-moi tout. Je ne t'en voudrai pas, je te le promets... Tu auras tout ce que tu voudras... Je te ferai reconduire auprès de ton père! Ah! tu vois, je suis gentille... Tu l'aimes, n'est-ce pas, Duramé?...

JEANNE. Mille fois déjà, je vous ai dit non.

BERTHE. Oui, on dit ça, quand on a ton âge... on n'ose pas... N'aie pas peur de moi, petite Jeanne... Mais je le sais, ce qui s'est passé... Tu l'as vu, François, et puis, tu as été émue par son courage... Oui... oui... d'abord, c'est de la terreur, je sais... mais malgré toi, tu pensais à lui, le trouvant plus fier et plus beau que les autres... Il t'a dit quelques compliments... Mon Dieu, tout s'explique... on a l'imagination prompte... Tu as rougi, tu l'as écouté avec déplaisir, tu as été satisfaite de voir qu'un homme comme lui, devant lequel tout le monde tremble, se fasse humble et petit devant toi... Et tu l'aimes... Ne dis pas non!... ne dis pas non!... Je sais bien que c'est comme cela que ça s'est passé... Je le sais bien! c'est mon histoire, à moi.

JEANNE. Je vous jure...

BERTHE. Ne jure pas... Mais tu sais, il te battra... c'est un maître implacable, et puis, plus tard, il te quittera pour une autre. Je te préviens. Entre femmes, n'est-ce pas, il faut se soutenir... Je le détestais, d'abord, mais maintenant je l'aime bien... Ah! tu vois... tu peux tout dire...

JEANNE. (Se levant.) Ce que vous supposez est une honte pour moi. Je ne connais pas cet homme! Je ne le connais pas.

BERTHE. (Se relevant furieuse.) Ah! tu ne veux rien dire, hypocrite! Faut-il que tu l'aimes, pour résister à la faim!... Tu n'auras rien! rien! Chaque jour, je t'interrogerai, j'épierai sur ton visage la mort qui viendra lentement; j'assisterai à tes souffrances : ce sera ma consolation et l'apaisement des miennes; je ne me lasserai point de te torturer, et lorsqu'enfin, inanimée, amaigrie, enlaidie, tu râleras, lorsque le dernier soupir entrouvrira tes lèvres, tu me verras encore, penchée sur toi, insensible à tant de maux, te crier ma haine et ma fureur!

JEANNE. Ah! que ce soit de suite, alors! Jamais je ne vous dirai rien de plus, puisque je vous dis la vérité... Par grâce, seulement, je vous en prie, tuez-moi tout de suite... ou donnez-moi un morceau de pain... Ayez pitié de moi...

BERTHE. Jamais!

QUATRE-PATTES. (Toujours caché.) Et on appelle ça une femme!

BERTHE. (A elle-même.) Allons! je ne saurai rien encore aujourd'hui... Je veux boire... Au moins avec ça, je cesse de souffrir pendant quelque temps...

(Elle boit avidement.)

(Haut.)

Tout cela m'a brisé... Je suis lasse... Je vais dormir un peu là.

JEANNE. Ayez pitié de moi...

BERTHE. Ne me parle pas. Tiens! bois ce qui reste d'eau-de-vie... ça fait oublier!

(Elle va s'étendre sur la paille.)

JEANNE. Ah! mon Dieu! mon Dieu! venez à mon secours!

(Elle se lève et va s'asseoir un peu au fond, sur un siège placé contre un des piliers du pont. Elle pleure.)

QUATRE-PATTES. (Toujours sur le pont.) Pauvre petite!... Est-ce que le bon Dieu ne devrait pas l'exaucer! Ah! une idée! Il est sans doute occupé en ce moment, le bon Dieu. Je vais le remplacer... Mam'zelle... Chut!... Prenez!...

(Il lui passe un morceau de pain qu'il prend dans son panier.)

JEANNE. Merci! merci.

(Elle mange avec avidité.)

QUATRE-PATTES. Allez pas si vite... Vous allez vous étouffer... Ça manque de confiture, hein! mais c'est bon tout de même, quand on a faim... Mais allez donc pas si vite... Chut! Cachez-ça! Berthe a remué!

BERTHE. (Se retournant.) Ah!...

QUATRE-PATTES. (après un silence.) Elle se rendort... Continuez... En voulez-vous encore?

JEANNE. Merci, merci, mais qui êtes-vous donc, pour avoir eu pitié de moi?

QUATRE-PATTES. Moi, je suis infirme. (A part.) Ou du moins, j'en ai l'air. (Haut.) Alors, je suis entré dans la bande à Duramé comme béquillard, il y a dix-sept ans. On m'appelle Quatre-Pattes. J'ai été un brave homme, dans le temps. J'avais même une bonne femme que j'ai abandonnée...

Enfin, suffit. Mais vous savez, faut pas confondre, j'ai jamais fait de mal à une mouche. Je ne sais pas pourquoi je vous dis tout ça, mais ça me ferait de la peine que vous me preniez pour un bandit et un assassin. Je sais où vous demeurez, maintenant, là-bas, dans la crevasse. J'irai vous porter quelque chose de temps en temps.

JEANNE. Vous êtes mon sauveur. Si jamais je sors d'ici et que vous ayiez besoin de Jeanne Déronchelle...

QUATRE-PATTES. Jeanne Déronchelle! Vous êtes Jeanne Déronchelle!...

JEANNE. Oui.

QUATRE-PATTES. Ah! mon Dieu! mon Dieu! Et vous êtes ici! Écoutez...

BERTHE. (qui s'éveille.) Qu'est-ce que tu as donc à parler comme ça toute seule?

QUATRE-PATTES. Oh!... Je me sauve.

(Il disparaît.)

BERTHE. Il n'y a pas à dire, maintenant, je ne dormirai plus. C'est de ta faute ça, tu ne peux donc pas te tenir tranquille? T'as assez pris l'air. Faut pas rester trop longtemps dehors! Ça pourrait ternir ton teint. Allons!

(Elle la prend par la main et l'entraîne à gauche.)

JEANNE. Vous me faites mal. Ne me serrez pas si fort... J'y vais... Ah! mon père! mon père!

(Berthe ferme la porte sur elle et met la clef dans sa poche.)

SCÈNE CINQUIÈME.

BERTHE. (Seule.)

Elle appelle son père à son secours. Il viendra peut-être. (On entend du bruit au dehors.) Qu'y a-t-il? (Elle va au fond.) Déjà de retour? Je ne me trompe pas, Chanterelle et Mandart. Diable! Je ne les attendais pas aussi tôt. Les voici.

(Elle redescend en scène. — Entrent Chanterelle et Mandart.)

SCÈNE SIXIÈME.

BERTHE, CHANTERELLE, MANDART.

CHANTERELLE. N'y a-t-il personne?

MANDART. (très-gris.) T'as pas demandé au concierge. Personne dans la maison?

(Berthe est cachée dans un coin.)

CHANTERELLE. Berthe!

MANDART. Elle fricotte sa cuisine infernale, ses poisons. Attends un peu, je vais la faire venir, Berthe.

(Il saisit un vase à deux mains et le jette par terre.)

BERTHE. Hein! (Il veut l'embrasser.) Allons! la paix!

MANDART. C'est bon! c'est bon.

CHANTERELLE. (S'asseyant à la table.) Arrive un peu ici. Nous avons à te parler.

MANDART. Il a quelque chose à te dire.

BERTHE. J'ai pas le temps.

CHANTERELLE. Oui? Eh bien, faut venir tout de même. Nous allons causer un peu du marchand de droguets de la Grande-Rue de Rouen et de sa fille.

MANDART. Ah! c'est un sujet de conversation, ça. Viens, la petite mère. Asseyons-nous là. Qu'est-ce que tu as fait de la fille?

BERTHE. La fille?

CHANTERELLE. Oui, la fille? Qu'est-ce que t'en as fait?

BERTHE. Elle s'est évadée à Elbeuf le lendemain de votre départ.

CHANTERELLE. Ah! Dis donc, Berthe, nous avons besoin d'argent.

MANDART. Oui, j'ai soif.

BERTHE. Comment de l'argent! Ne vous ai-je pas payés?

CHANTERELLE. Tu nous as payés pour l'enlèvement, mais tu ne nous as pas payés pour nous taire.

BERTHE. Vous n'aurez pas un sou de plus.

MANDART. Alors nous allons chanter tous les deux, sur les toits, cette petite chanson, sur l'air de J'ai un pied qui r'mue.

(Il chante.)

Dans la Grande-Rue,
Nous avons enl'vé-z-un' fille.

BERTHE. Taisez-vous! Vous n'avez donc rien compris, rien deviné?

CHANTERELLE. Je comprends qu'il nous faut de l'argent.

MANDART. Et je devine que tu ne veux pas nous en donner.

BERTHE. Est-ce à moi que vous devriez faire cette demande?

CHANTERELLE. A qui, sinon à toi.

MANDART. On peut pas en demander aux parents de la fille ?

BERTHE. Eh bien ! et Duramé !

CHANTERELLE. Duramé ?

MANDART. Tu nous avais défendu de lui parler de l'enlèvement.

BERTHE. Oui, il voulait que nul ne sache...

CHANTERELLE. C'était donc pour lui ?

BERTHE. Parbleu !

MANDART. Il faut qu'il paie.

CHANTERELLE. Et où est-elle, Jeanne, maintenant ?

BERTHE. Demandez-le à Duramé. Vous pensez bien que je l'ignore.

CHANTERELLE. Nous le lui demanderons.

BERTHE. (Riant.) Ah ! ah ! ah ! je suis bien tranquille.

MANDART. Pourquoi donc ?

BERTHE. Parce que vous n'oserez pas. N'est-il pas le chef ?

MANDART. Ça, c'est vrai.

BERTHE. Et ne devez-vous pas faire toutes ses volontés et subir tous ses caprices ?

CHANTERELLE. Ses caprices...

BERTHE. C'est pas contre moi que vous vous mettriez en colère, si vous aviez du cœur. Et Doucet, qu'est-il devenu ?

MANDART. Il a été pincé.

BERTHE. Ça vous arrivera bientôt.

CHANTERELLE. Pourquoi ?

BERTHE. Parce que Duramé a envie de se débarasser de vous qui connaissez son secret, et il vous mettra en sentinelle à quelque poste dangereux, comme il a fait pour Doucet.

MANDART. Si nous étions sûrs !

BERTHE. Attendez pour en être sûrs de respirer l'air de la prison de Saint-Lô, il sera bien temps. Maintenant, faites ce que vous voudrez. Réflexion faite, vous auriez peut-être tort de vous attaquer à lui. Il est plus fort et plus malin que vous. Moi, je m'en vais faire un tour. Tenez, pour vous prouver que je ne vous en veux pas, voilà une bouteille d'eau-de-vie. Vous pourrez boire à la santé de Duramé et à ses amours ! (À part, en s'en allant.) Toute la bande partira d'ici dans deux heures. Je m'en vais devant. Quant à Jeanne Déronchelle, si par hasard les gendarmes viennent par ici, ils la délivreront. S'ils ne viennent pas... ma foi, s'ils ne viennent pas, elle mourra de faim, mais ça ne sera pas ma faute. (Haut.) Au revoir, les enfants !

(Elle sort.)

SCÈNE SEPTIÈME.

CHANTERELLE, MANDART.

CHANTERELLE. A quoi que tu penses, Mandart ?

MANDART. Que Berthe a raison quand elle dit que nous sommes deux poltrons et deux imbéciles.

CHANTERELLE. Qu'est-ce que tu voudrais faire ?

MANDART. Moi, je commence à en avoir assez, de Duramé.

CHANTERELLE. Il nous vole.

MANDART. Il nous fait travailler pour lui tout seul...

CHANTERELLE. Sans que nous en ayons aucun profit.

MANDART. Et il se moque de nous par dessus le marché.

CHANTERELLE. Veux-tu que nous le quittions. Nous formerons une autre bande. Je serai le chef.

MANDART. Pourquoi toi et pas moi ?

CHANTERELLE. Nous tirerons au sort.

MANDART. Et nous serons pris avant huit jours. Toute la gendarmerie du district est sur pied.

CHANTERELLE. Eh bien, demandons-lui simplement des explications.

MANDART. Sur la petite Déronchelle ?

CHANTERELLE. Et s'il refuse de nous répondre...

MANDART. Eh bien ?

CHANTERELLE. Nous sommes deux, nous viendrons bien à bout de lui.

(Entre Duramé.)

MANDART. Le voilà. Faisons semblant de rien !

SCÈNE HUITIÈME.

LES MÊMES, DURAMÉ.

DURAMÉ. (Très-gai.) Eh bien ! Ça fait plaisir de se retrouver ensemble ! (Posant la main sur l'épaule de Mandart.) Qu'est-ce que tu en dis ?

MANDART. Tu me fais mal. Tu as des poings qui pèsent deux cents livres.

DURAMÉ. Le fait est qu'il n'y en a pas beaucoup comme celui-ci, et que, si je le laissais retomber sur ta tête, ta pauvre cervelle, Mandart, giclerait violemment par les fentes de ton crâne cassé ! Ah ! ah ! ah !

(Rire formidable)

MANDART. Dis-donc, Meg, c'est drôle pour toi, ce que tu viens de dire, mais pour moi ?...

(Il titube.)

DURAMÉ. Mandart, t'es sâs.

MANDART. Je suis sâs... J'ai bu, oui... Mais je ne suis pas sâs, ce qui s'appelle ivre...

DURAMÉ. C'est bon. Aujourd'hui, je suis content, je te pardonne. Je ne veux voir que des têtes en jubilation... Eh ! Chanterelle, quand t'auras fini de regarder la pointe de ton couteau ! tu pourras dire bonjour au patron.

CHANTERELLE. Bonjour, Meg !

DURAMÉ. Tu as l'air sombre, Chanterelle ?

CHANTERELLE. Oui.

DURAMÉ. Tu ne me dirais pas de m'asseoir et de prendre un verre de fil avec vous. C'est donc qu'on est des hypocrites ?

MANDART. On n'est jamais hypocrite quand on est sâs.

DURAMÉ. Eh bien ! buvons un coup et causons. Savez-vous que nous venons de faire une bonne petite tournée ?

CHANTERELLE. Oui, tu y as gagné beaucoup d'argent.

DURAMÉ. Celui-là, il est jaloux comme un chat. Je parie, Chanterelle, que tu voudrais bien ma place. C'est pas défendu d'y songer, mais il faut attendre qu'elle soit libre, parce que, tant que j'y serai, il y aura quelqu'un pour la défendre. Veux-tu essayer, Chanterelle ?

CHANTERELLE. Non pas.

DURAMÉ. Ah ! ah ! ah ! poltron ! Je disais donc que nous venions de faire une bonne expédition...

MANDART. Et on s'est amusé.

DURAMÉ. Où donc ? Je ne me rappelle pas.

MANDART. Tu n'y étais pas.

DURAMÉ. Vous avez encore travaillé sans moi !

CHANTERELLE. Faut bien vivre.

DURAMÉ. Eh bien ! je vous pardonne si l'affaire est drôle. Contez-moi ça.

MANDART. Fais donc pas l'ignorant...

DURAMÉ. Je ne sais rien...

CHANTERELLE. Il y a quinze jours ?...

DURAMÉ. Eh bien ?...

MANDART. Tu sais bien. C'est Chanterelle et moi, accompagnés de ce pauvre Doucet, qui avons été les messagers de tes amours, comme dit la chanson.

DURAMÉ. (Toujours gai.) Vous vous moquez de moi, les enfants !

CHANTERELLE. Ou toi de nous !

DURAMÉ. Parole d'honneur ! Je ne sais ce que tu veux dire. Parle.

CHANTERELLE. C'est bon ! c'est bon ! Du moment que tu comprends pas, mettons que nous n'avons rien dit.

DURAMÉ. Non ! non... parle... Je veux savoir...

MANDART. Si tu aimes mieux cela ? on se taira, seulement, tu n'es pas gentil !

DURAMÉ. Assez de raillerie. Qu'avez-vous fait ?

CHANTERELLE. Nous avons enlevé une jeune fille !

DURAMÉ. Tous les deux ?

MANDART. Oui.

DURAMÉ. Ah ! les chançards ! Et pas pincés ?

CHANTERELLE. Tu vois.

DURAMÉ. Gentille ?

MANDART. Je te crois !

DURAMÉ. Ils ne se vantent de rien, ces sournois-là !... Et... vous disiez que vous aviez bien ri ? De quoi ?...

CHANTERELLE. De la tête du père, de sa frayeur et de ses larmes.

MANDART. Le fait est qu'ils ont tous des têtes avec leurs yeux ronds, leur bouche ouverte, et leurs mains jointes ! On dirait des grenouilles !

DURAMÉ. Ah ! ah ! ah !... (Hilarité générale.) Et, qu'est-ce que vous en avez fait de la jeune fille ?

CHANTERELLE. Fais pas l'innocent. Nous savons que c'était pour toi.

DURAMÉ. Encore ? Où était-ce ?

CHANTERELLE. A Rouen.

DURAMÉ. (Vivement.) A Rouen ? Quel âge a-t-elle ?...

CHANTERELLE. Tu le sais mieux que nous... puisqu'elle est ta maîtresse aujourd'hui, et que c'est pour ton compte que nous avons travaillé...

DURAMÉ. J'ai peur...

MANDART. (Chantant.)

> Dans la Grand'-Rue...
> Nous avons enl'vé-t-un' fille!...

DURAMÉ. (Renversant la table et courant à Mandart.) (avec grand éclat.) Tonnerre !

MANDART. Fais donc attention.

DURAMÉ. (Avec fureur.) Tu vas tout me dire... C'est dans la Grande-Rue, à Rouen, que vous avez enlevé une jeune fille...

MANDART. Oui... eh bien ?..,

DURAMÉ. Son nom ?

MANDART. J'ai oublié... Attends donc... Jeanne, je crois... Mais tu te moques de nous encore une fois.

DURAMÉ. Regarde-moi, Mandart, et dis-moi si j'ai l'air de me moquer de quelqu'un !

MANDART. Alors, Berthe nous a menti.

DURAMÉ. Berthe, sait tout cela ?. .

CHANTERELLE. Nous avons fait le coup avec elle.

DURAMÉ (Eclatant en sanglots.) C'est elle! c'est elle! c'est ma fille! c'est ma fille!

MANDART. Sa fille !...

DURAMÉ. Où est Jeanne ?...

CHANTERELLE. Seule, Berthe le sait, si elle n'est pas avec toi!

DURAMÉ. Ecoutez... Vous m'avez causé une grande douleur, et vous avez désobéi au chef de la bande. J'ai doublement le droit de vous tuer... Vous savez que la fuite ne vous sauverait pas... car je saurais vous retrouver. Amenez-moi Berthe.

CHANTERELLE. Nous avons à nous venger d'elle.

MANDART. Allons! A la recherche de Berthe !

(Mandart et Chanterelle sortent.)

SCÈNE NEUVIÈME.

DURAMÉ. (Seul.)

Est-ce que c'est vrai, tout ça ? Est-ce que vraiment il s'est trouvé quelqu'un qui a osé porter la main sur elle ! Si on me l'avait tuée !.. Si quelqu'un avait fait cela !... quel qu'il soit, je saurais l'atteindre !... Et je crois même que si c'était Dieu le coupable, j'arriverais à escalader le Ciel pour me colleter avec lui... J'ai la tête en feu... la colère m'étouffe.... Je voudrais hurler, mordre, tuer... J'ai de l'écume aux dents comme un chien enragé... Je me sens dix fois plus fort, et je voudrais avoir quelque muraille à ébranler, quelque prodige à accomplir, des os à briser, du sang à faire jaillir ! Ma fille ! Ils ont pris ma fille... Ce n'est pas possible qu'ils l'aient tuée !... Ah ! j'avais pris pourtant bien des précautions pour qu'elle fût heureuse... Je l'aimais tant... cette chair de ma chair... que j'avais sacrifié mon amour à mon amour même... Oui, pour qu'elle ne vienne pas un jour me dire : « Duramé, j'ai honte de toi, et le nom que je porte me pèse comme une inscription d'infamie. » Pour qu'elle ne souffre pas de mes crimes, j'avais renoncé à la voir ; je l'avais faite la fille d'un autre, et de temps en temps, sans être soupçonné, j'allais regarder si la vie lui souriait comme je l'avais voulu, et je revenais moins cruel et soulagé. Elle avait toutes les vertus que j'ai raillées ; il me semblait qu'elle était mon âme restée pure ; et malgré bien que si Dieu existe là-haut, elle intercéderait un jour pour moi !... Dieu !... pourquoi ai-je prononcé ce mot!... (Après un silence.) Est-ce qu'il me punirait ? Ah ! je voudrais n'avoir jamais fait le mal... J'ai peur, aujourd'hui... Je sens s'appesantir sur moi la justice et la vengeance du ciel... Mais... je me rappelle... le prêtre qui m'a élevé me disait que Dieu pardonnait tous les crimes à qui savait se repentir et prier. Si je disais une prière... (Il tombe à genoux.) Mon Dieu !... Je ne sais plus... Je ne me rappelle plus... Notre père... notre père. Ah ! je ne peux pas prier pour ma fille, je ne peux pas prier !... (Il pleure.) (Un silence.) (Il se relève.) Est-ce que je suis fou ! (Un grand éclat de rire.) J'allais prier le bon Dieu !... moi... Duramé ! et l'appeler à mon aide ! Non !... non !... Je ne veux compter que sur moi !... sur ma force et sur ma cruauté !... Berthe, à nous deux !...

(Entre Berthe.)

SCÈNE DIXIÈME.

DURAMÉ, BERTHE,

DURAMÉ. (Simplement.) Te voilà !

BERTHE. Oui... Tu ne m'embrasses pas ?

DURAMÉ. (De même.) Si... (Il l'embrasse.) Maintenant, tu vas me dire où est Jeanne ?...

BERTHE. Jeanne ? Connais pas.

DURAMÉ. Ma fille !

BERTHE. T'as donc une fille ?

DURAMÉ (Toujours sans éclat.) Entre nous deux, Berthe, des détours sont inutiles. J'ai une fille. Tu as cru autre chose. Tu l'as fait enlever par Doucet, Mandart et Chanterelle. Je te répète que c'est ma fille, et je veux savoir où elle est !

BERTHE. Cherche !

DURAMÉ. (Très-froid.) Ecoute-moi. (Il tire un couteau de sa poche.) Tu vois que je parle de sang-froid. La menace que je vais te faire, je l'exécuterai donc. Si tu refuses de me dire où est Jeanne... (Il ouvre son couteau.) Je te plante ça au cœur... Cette fois, je ne te ferai pas grâce !

BERTHE. Ça t'avancerait bien ! Vaut mieux me laisser vivre. Il n'y a que moi qui sache où elle est. Moi, morte, elle est perdue pour toi ! Moi, vivante, tu peux espérer. Ferme donc ton couteau. Assieds-toi et causons.

DURAMÉ. Soit.

(Il ferme son couteau et le pose sur la table. Tous deux s'asseoient.)

BERTHE. Tu l'aimes donc ta fille ?

DURAMÉ. Par-dessus tout !

BERTHE. Plus que moi ?

DURAMÉ. Plus que toi !

BERTHE. Tu me tuerais pour elle ?

DURAMÉ. Sans hésiter.

BERTHE. Ah !

DURAMÉ. Où veux-tu en venir ?... Je veux savoir où elle est.

BERTHE. Et si je refuse de te le dire ?

DURAMÉ. Je te ferai brûler les jambes jusqu'à ce que tu parles.

BERTHE. C'est bon. Je te le dirai sans cela.

DURAMÉ. Hâte-toi !

BERTHE. N'aie aucune crainte. Elle est en lieu sûr...

DURAMÉ. On ne lui a pas fait de mal ?

BERTHE. Non.

DURAMÉ. Tu es une brave fille, Berthe, et je t'aime bien. Dis-moi où elle est !

BERTHE. Tout à l'heure. Pourquoi ne la prends-tu pas avec toi ?

DURAMÉ. Toi !

BERTHE. Pourquoi pas !

DURAMÉ. Tu es folle !

BERTHE. Pourquoi ça ? Les enfants n'ont pas à juger leurs parents. Si elle t'aime, si elle est digne de toi, elle t'aimera, tout Duramé que tu es.

DURAMÉ. Je ne veux pas qu'elle sache que je suis son père. Je ne veux pas que mes dix-huit années de sacrifices soient inutiles !...

BERTHE. (Se levant.) Alors, tu me mens... C'est pas ta fille... Tu l'aimes... mais pas comme un père...

DURAMÉ. (Lui saisissant les poignets.) Misérable !...

BERTHE. Aïe ! Tu me fais mal !

DURAMÉ. Tu te trompes. Je te le jure ! Me crois-tu ?

BERTHE. Oui !

DURAMÉ. Où est-elle ?

BERTHE. Lâche-moi d'abord...

DURAMÉ. Voilà : parle.

BERTHE. Comme tu es pressé...

DURAMÉ. Assez de phrases ! Parle !... Qu'elle soit ma fille ou ma maîtresse, je t'ordonne de me dire où elle est cachée... Mais, parle donc, Berthe !... Tu ne vois donc pas que depuis un quart d'heure, je me contiens, je renferme ma colère... Je suis à bout de forces... Parle... parle vite .. ou malheur à toi...

BERTHE. Eh bien... Tu connais bien, à Yvetot, l'auberge du Cygne ?

DURAMÉ. Oui.

BERTHE. Tu sais que Nicolas Marnet a fait partie de la bande et qu'il m'est dévoué...

DURAMÉ. Après... Après ?...

BERTHE. C'est chez lui qu'est Jeanne Déronchelle.

DURAMÉ. A Yvetot ?

BERTHE. A Yvetot.

DURAMÉ. Tu ne me mens pas ?

BERTHE. Oh ! François ! J'en suis pas capable !

DURAMÉ. Eh bien ! nous allons tous partir immédiatement, et nous mettre en route pour Yvetot...

BERTHE. Tous ?

DURAMÉ. Tous. Tu viendras aussi, et si tu m'as menti...

BERTHE. Je serai prête à partir dans dix minutes.

DURAMÉ. C'est bon. Je vais m'occuper du reste de mes hommes, et je t'enverrai Quatre-Pattes pour t'aider.

BERTHE. Va.

DURAMÉ. Et si tu t'es raillée de ma douleur et de mon amour, malheur à toi, Berthe, malheur à toi...

(Il sort.)

SCÈNE ONZIÈME.

BERTHE. (Seule.) Partons pour Yvetot. Avant que nous y soyons arrivés, j'aurai bien trouvé le moyen de m'enfuir, et la demoiselle aura doucement passé de la vie à trépas. Préparons tout, et ayons l'air docile. (Elle rassemble les divers ustensiles de cuisine sur la table.) Voilà mes richesses !

(Entre Quatre-Pattes, toujours béquillant, et sa ligne sur l'épaule.)

SCÈNE DOUZIÈME.

BERTHE, QUATRE-PATTES.

QUATRE-PATTES. Paraît qu'on déménage, subito, Berthe ?

BERTHE. Paraît.

QUATRE-PATTES. Je regretterai ce domicile à cause de la pêche à la ligne.

BERTHE. Enlève tout ça !...

QUATRE-PATTES. Oui, toi, tu n'oublieras rien.

BERTHE. Rien.

QUATRE-PATTES. Bien sûr ?

BERTHE. Oui.

QUATRE-PATTES. (Désignant la porte de gauche.) Là, tu n'as rien laissé ?

BERTHE. Non.

QUATRE-PATTES. Ça ne fait rien. Je vais aller voir.

BERTHE. Va.

QUATRE-PATTES. Oui. Mais il me faut la clef.

BERTHE. Je ne l'ai pas.

QUATRE-PATTES. Si, tu l'as. Tu as enfermé là une jeune fille... et je ne veux pas qu'elle meure de faim... Donne-moi la clef...

BERTHE. (Prenant la clef dans sa poche.) La Seine coule là-bas au pied de cette roche. Eh bien ! vas-y chercher la clef, béquillard.

(Elle court au fond. — Quatre-Pattes laisse tomber ses béquilles et court après elle.)

QUATRE-PATTES. Pas tant béquillard qu'on le dit !

(Il s'empare de la clef et amène Berthe sur le devant de la scène.)

BERTHE. De quoi !... Tu marches donc sans béquilles ?

QUATRE-PATTES. Et assez vite, comme tu vois.

(Berthe cherche à se dégager. Courte lutte. Quatre-Pattes est le plus fort. Il la terrasse.)

BERTHE. Ah ! canaille !...

SCÈNE TREIZIÈME.

LES MÊMES, JEANNE.

QUATRE-PATTES. Venez, mademoiselle.

JEANNE. Ah ! mon Dieu ! (Elle passe à droite.)

(Berthe se précipite sur Quatre-Pattes.)

QUATRE-PATTES. Voilà Duramé qui vient ! prends garde !

BERTHE. Duramé, ah ! Il me tuera ! Grâce ! Aïe pitié de moi, cache-moi !

QUATRE-PATTES. Je veux bien. Entre là !

(Il lui désigne la porte à gauche.)

BERTHE. Là !...

(Il la pousse à gauche, ferme la porte derrière et donne deux tours de clef.)

QUATRE-PATTES. Bouclée, la belle ! (Il esquisse un entrechat.)

(Entre Duramé. Quatre-Pattes a repris ses béquilles.)

SCÈNE QUATORZIÈME.

JEANNE, QUATRE-PATTES, DURAMÉ.

QUATRE-PATTES. Viens, viens, j'ai des choses à te dire...

DURAMÉ. Parle.

QUATRE-PATTES. Jeanne est ici. Parle bas.

DURAMÉ. Grand Dieu ! qu'elle ne sache pas le nom de son père...

QUATRE-PATTES. Qu'elle ne sache pas le nom de...

DURAMÉ. Oui, le mien...

QUATRE-PATTES. C'est juste... Il faut la rendre à sa famille...

DURAMÉ. Oui. C'est moi qui la sauverai. J'aurai acquis ainsi le droit de lui parler. Où est-elle ?

QUATRE-PATTES. Là !

(Jeanne s'avance.)

DURAMÉ. (A part.) Ah ! mon Dieu !... (Haut.) Venez, mon enfant !

QUATRE-PATTES. Le citoyen ?... Je ne me rappelle plus votre nom...

DURAMÉ. Firmin Duval, qui est un homme d'honneur, et qui va vous reconduire à Rouen.

JEANNE. Quoi !... Je vais revoir mon père...

DURAMÉ. Son père !

QUATRE-PATTES. Ayez confiance en lui. C'est à lui que vous devez votre salut.

DURAMÉ. Venez, mon enfant !

JEANNE. (A Quatre-Pattes.) Vous m'avez sauvé la vie, je ne l'oublierai jamais...

QUATRE-PATTES. (A part.) Pauvre petite !... Si elle savait !... (Haut.) Adieu, mademoiselle !

JEANNE. Au revoir, et merci !

(Elle sort derrière Duramé, qui s'est enveloppé dans son manteau. Ils restent tous les deux visibles derrière une roche, en s'en allant.)

SCÈNE QUINZIÈME.

QUATRE-PATTES. (Seul.) Ouf !... (Sortant la clé de sa poche.) Qu'est-ce que vais faire de cette clé-là ?... (Il jette la clé par dessus la roche.) Voilà qui est fait... (Il prend son panier et sa ligne à pêche sur son épaule.) — (A la porte de gauche.) Au revoir, Berthe, nous allons voir à Yvetot si tu y es !...

(Il sort lentement en chantant.)

C'est la servante à Nicolet,
Qu'est à cousir son bavolet,
Sure l'âne et le bat, et le saque de blé.

RIDEAU.

ACTE QUATRIÈME.

Le Père et la Fille.

Un salon chez Déronchelle. — Décor du deuxième acte.

SCÈNE PREMIÈRE.

GUILLEMETTE, puis DÉRONCHELLE.

GUILLEMETTE. (Seule, très affairée, faisant le salon.) Jamais je n'serons prête à l'heure. Il est sept heures et demie, et dans une demie heure, à huit heures juste, M. Firmin Duval va sortir de sa chambre. Faut que je me mouve. (Elle traîne une table jusqu'au milieu de la scène.) On y doit bien ça, à c'l'homme, à celui qui nous a rendu not'p'tiote Jeanne. C'est anuit la Saint-Firmin, c'est sa fête... La bouteille de vin blanc...

(Elle sort à gauche, et rentre aussitôt avec une bouteille. Elle se heurte contre Déronchelle qui entre avec deux énormes bouquets.)

DÉRONCHELLE. Fais donc attention !

GUILLEMETTE. Et vous ! Oh ! les belles fleurs...

DÉRONCHELLE. Des vases pour les mettre... Allons ! dépêchons. Nous sommes en retard.

GUILLEMETTE. Voilà ! voilà !

(Elle apporte des vases.)

DÉRONCHELLE. (tout en y installant les fleurs.) Tu ne peux pas parler plus distinctement ! Voilà huit jours que M. Firmin Duval est ici, et tu ne connais pas encore ses habitudes. Tu ne sais pas qu'à huit heures sonnant, cette porte, la porte de sa chambre, s'ouvrira, et qu'il entrera en me disant de sa bonne grosse voix : « Bonjour, papa Déronchelle, comment va notre fille ? »

GUILLEMETTE. J'savons ben tout cha.

DÉRONCHELLE. Pourquoi cries-tu si fort ? Pour le réveiller ? T'as donc pas de reconnaissance ?

GUILLEMETTE. Si fait.

DÉRONCHELLE. Eh bien, apporte des biscuits et des verres.

GUILLEMETTE. Voilà !

(Elle sort et revient aussitôt.)

DÉRONCHELLE. Et les sièges... il faut les ranger. Ici, un fauteuil pour Firmin. Là, une chaise pour Jeanne. Une autre pour moi.

GUILLEMETTE. Et M. Henri ?

DÉRONCHELLE. Oh ! Henri, il se mettra où il voudra. C'est pas lui qui nous a ramené notre petite Jeanne, n'est-ce pas. Quelle heure est-il ?

GUILLEMETTE. Cinq minutes moins.

DÉRONCHELLE. Plus que cinq minutes... Tu vas voir que ce petit animal d'Henri Castel va arriver en retard. Est-il assez peu pressé de voir le sauveur de sa fiancée... Car enfin, il n'est pas encore venu, depuis huit jours...

GUILLEMETTE. Mais vous savez bien qu'il n'était pas à Rouen, et qu'il n'a dû y rentrer qu'hier soir très-tard...

DÉRONCHELLE. Ça ne fait rien. On vient tout de même... Une joie pareille !... Non ! quand j'y pense, ma pauvre Guillemette, j'en suis encore tout essouflé... Te rappelles-tu le soir où ils nous sont arrivés tous les deux, Jeanne et Firmin... je dis Firmin tout court, il me semble que je l'ai toujours connu. A-t-il une bonne figure d'honnête homme... hein !

GUILLEMETTE. Ah ! pour ça, oui... On lui donnerait le bon Dieu sans confession...

DÉRONCHELLE. N'est-ce pas malheureux, qu'un homme comme lui en soit réduit à être voyageur de commerce... Coucher aujourd'hui dans un endroit, demain dans un autre... Mais qu'est-ce que tu fais là à me regarder, à bavarder ! Tu ne peux pas te remuer... Et Jeanne, qu'est-ce qu'elle fait ? Elle n'est pas encore descendue... Va l'appeler... Attends... Suis-je bien dans cet habit... L'as-tu brossé ?...

GUILLEMETTE. Mais oui...

DÉRONCHELLE. Mais vas donc chercher Jeanne ! Tu n'as pas débouché la bouteille... Où as-tu la tête ?... 'Attends... *(Il va écouter à la porte de droite.)* Il est levé... J'entends du bruit... Va-t-il être surpris !... Il ne s'y attend pas, va, à ce qu'on lui souhaite sa fête... Jeanne ne viendra pas...

GUILLEMETTE. La voici.

(Entre Jeanne.)

SCÈNE DEUXIÈME.

JEANNE, GUILLEMETTE, DÉRONCHELLE.

JEANNE. Bonjour, père.

DÉRONCHELLE. Bonjour, fillette... Tu t'es faite belle, pour la fête de notre ami... nous avons encore quelques minutes... nous sommes tous les trois... je vais vous faire connaître la surprise... Parce que je lui ai ménagé une surprise, à ce bon Firmin Duval.

JEANNE. Qu'est-ce que c'est ?

DÉRONCHELLE. Des vers.

JEANNE. Des vers que tu as fait ?

DÉRONCHELLE. Oui, mademoiselle... Je te les lirai plus tard. *(Il lire un papier de sa poche.)* Je lui donne une bague... Tu verras tout à l'heure... La bague, je la mets sous sa serviette... Arrangez vos fleurs... Voilà huit heures qui vont sonner... J'entends monter l'escalier... Quel est l'imbécile qui vient nous déranger... Guillemette, dis que nous n'y sommes pas.

(La porte du fond s'ouvre, paraît Henri Castel qui entre.)

SCÈNE TROISIÈME.

LES MÊMES, HENRI.

HENRI. Me voici... bonjour, beau-père...

DÉRONCHELLE. *(occupé à placer son cadeau sous une serviette.)* Bonjour, bonjour.

HENRI. Ma chère Jeanne ! Vous m'êtes donc rendue...

JEANNE. *(occupée à ranger les fleurs.)* Bonjour, bonjour !...

HENRI. Guillemette, veux-tu me prendre mon chapeau ?

GUILLEMETTE. *(qui débouche la bouteille.)* Bonjour, bonjour !

DÉRONCHELLE. Là ! Va-t-il être content, ce bon Firmin...

HENRI. Comment allez-vous, beau-père ?

DÉRONCHELLE. Je crois qu'il a passé une excellente nuit.

HENRI. Qui donc ?

DÉRONCHELLE. Firmin, parbleu !

HENRI. *(A Jeanne.)* Dites-moi, au moins, ma chère Jeanne, si vous m'aimez toujours...

JEANNE. Tout à l'heure, quand M. Firmin aura vu notre surprise...

HENRI. Ah !

(Il va s'asseoir dans le fauteuil.)

GUILLEMETTE. Vô mettez point là ! C'est la place à M'sieu Firmin.

HENRI. Mais quel Firmin ?

DÉRONCHELLE. Quel Firmin ! Il demande quel Firmin ? Tenez, vous n'êtes pas digne d'avoir ma fille...

HENRI. Mais enfin ?

JEANNE. Firmin... Firmin Duval qui m'a arrachée à la bande Duramé...

GUILLEMETTE. Il est ici...

DÉRONCHELLE. On lui souhaite sa fête... Vous n'avez pas apporté de fleurs ? Il n'a pas apporté de fleurs !

HENRI. Mais j'ignorais !...

DÉRONCHELLE. Il ignorait ! Ah ! c'est trop fort ! Est-ce que vous deviez ignorer...

HENRI. Ma chère Jeanne, je vous en prie, dites-moi ce que je dois faire... je ne comprends rien...

JEANNE. Je vais vous expliquer...

DÉRONCHELLE. Silence ! Huit heures vont sonner... Mets-toi là, Jeanne... Ici, Guillemette... Vous, où vous voudrez... C'est bête..., je suis ému.

(Huit heures sonnent. Au dernier coup, la porte de droite s'ouvre, Duramé paraît. Il est confortablement habillé et à bonne tournure. Manières simples, sans hypocrisie, mais un peu gênées.)

SCÈNE QUATRIÈME.

LES MÊMES, DURAMÉ.

DURAMÉ. Bonjour, papa Déronchelle, comment va notre fille ?

DÉRONCHELLE. Et vous, mon cher Firmin ? Et vous ?

DURAMÉ. *(A Jeanne.)* Bonjour, mon enfant... Bonjour Guillemette. *(Apercevant Henri.)* Et qui est ce citoyen ?

DÉRONCHELLE. Le citoyen Henri Castel, le fiancé de Jeanne. Venez donc, Henri, remercier son sauveur...

HENRI. Citoyen, je n'oublierai jamais... Mais... je vous connais...

DURAMÉ. Vous me connaissez !...

HENRI. Je vous ai déjà rencontré quelque part. Je ne sais plus où, mais certainement je vous ai déjà vu.

DURAMÉ. Vous confondez, sans doute...

HENRI. Non, non. Mais que cela ne m'empêche pas, citoyen, de vous dire quelle profonde et sincère reconnaissance j'ai pour vous.

DURAMÉ. Ne parlons pas de cela.

HENRI. *(A lui-même.)* Où l'ai-je vu ? Je reconnaîtrais ces yeux là entre mille.

DÉRONCHELLE. Eh bien, mon cher Firmin, eh ! eh ! eh !

DURAMÉ. Oh ! oh ! C'est pour notre futur gendre qu'on a fait ces frais, que la table a un air de fête...

DÉRONCHELLE. Oh ! mon cher Firmin, vous plaisantez ! Pour lui... oh !... C'est aujourd'hui le 24 septembre...

DURAMÉ. *(Indifférent.)* Ah !

DÉRONCHELLE. Vous entendez, le 24 septembre.

DURAMÉ. *(De même.)* Oui... oui, le 24 septembre.

DÉRONCHELLE. Et c'est pour vous qu'on a fait tous ces préparatifs.

DURAMÉ. Pour moi ?

JEANNE. Mais oui, puisque c'est le 24 septembre.

DURAMÉ. Je vous demande pardon, mais je ne comprends pas du tout.

DÉRONCHELLE. Vous n'êtes pas habitué à ce que l'on soit plus joyeux autour de vous à cette date-là ?

DURAMÉ. Non.

DÉRONCHELLE. Mais c'est votre fête...

DURAMÉ. Ah ! c'est ma fête ?

JEANNE. La Saint-Firmin...

DURAMÉ. Ah ! c'est la Saint-Firmin ! C'est juste ! Où avais-je la tête !... Eh bien... asseyons-nous...

DÉRONCHELLE. *(A sa fille.)* Regarde... Il va prendre sa serviette... Je t'assure que je suis ému... Non, il ne la prend pas.

DURAMÉ. Vous ne vous asseyez pas ?

DÉRONCHELLE. Si... si... Assieds-toi, Jeanne, à côté de ton sauveur. Et vous, M. Henri. Ah ! oui, mettez-vous là.

DURAMÉ. Verse-lui à boire, Guillemette.

(Déronchelle fait des signes à Guillemette pour qu'elle serre Duramé le premier. Elle verse et sort.)

DÉRONCHELLE. Ah ! déplions nos serviettes...

DURAMÉ. Oh ! une serviette pour tremper un biscuit dans un verre de vin, c'est pas la peine...

DÉRONCHELLE. Si... Firmin, je vous en prie...

DURAMÉ. Vous le voulez... *(Il la déplie.)* Tiens... qu'est-ce que c'est que cela ?

DÉRONCHELLE. *(Battant des mains.)* Il l'a trouvée !

JEANNE. *(De même.)* La surprise !

DÉRONCHELLE. Debout, tout le monde... Oh! excepté vous, Firmin.

(Il tire son compliment et lit :)

> Vous qui m'avez ramené Jeanne,
> Je sais tant ce que je vous dois
> Qu'à tout jamais je vous condamne
> A porter cette bague au doigt.

DURAMÉ. Une bague!

DÉRONCHELLE. Attendez! attendez! ce n'est pas fini. (Il reprend sa lecture.)

> Je mets à votre main loyale
> Cet anneau d'or pour vous remercier,
> Ainsi que sur la galère royale
> On met la chaîne à ceux qu'on veut garder.

DURAMÉ. Charmant!...

DÉRONCHELLE. N'est-ce pas! C'est de moi. Il y en a trois qui sont plus longs que les autres, ça fait compensation pour ceux qui sont plus courts.

JEANNE. Ça ne fait rien.

DURAMÉ. Au contraire.

DÉRONCHELLE. Je continue :

> A vous, sauveur de mon enfant chérie,
> A vous, héros! je tends à vous la main.
> Chacun de nous encor vous remercie,
> En s'écriant : Vive la Saint-Firmin.

(Criant.) Vive la Saint-Firmin! Crie donc, Henri... et toi, Jeanne!

TOUS. Vive la Saint-Firmin!

DURAMÉ. Mais c'est trop beau cette bague. Elle vaut au moins trois cents livres...

DÉRONCHELLE. Ah! vous vous y connaissez en bijoux?

DURAMÉ. Oui, j'en ai... j'en ai vendu autrefois...

DÉRONCHELLE. (Avec émotion.) Je vous la donne... C'est bête de donner si peu à qui l'on doit tant... Mais si ça vous fait plaisir, Firmin, je suis bien content... Vous m'avez rendu un bijou... je vous en donne un autre... mais je suis toujours votre débiteur... Faut pas m'en vouloir, si je ne sais pas ce que je dis... je crois que c'est l'air du matin... j'ai les yeux qui me piquent... (Il se mouche.) Ah! mon bon Firmin! mon bon Firmin...

DURAMÉ. Papa Déronchelle... Ce que j'ai fait ne vaut pas tout ça...

JEANNE. (Allant à lui.) M. Firmin Duval vous m'avez sauvé la vie... Nous sommes trois ici qui vous devront le bonheur... Nous nous en souviendrons toujours... je viens vous souhaiter une bonne fête...

DURAMÉ. (Ému.) Mademoiselle.. ma chère Jeanne!...

JEANNE. J'ai quelque chose à vous demander...

DURAMÉ. Quoi donc?

JEANNE. C'est une habitude quand on souhaite la fête à quelqu'un... Voulez-vous me permettre de vous embrasser?

DURAMÉ. Si je veux!... Ah! mon enfant (Il l'embrasse longuement.) (A part.) Mon Dieu! Qu'est-ce que j'ai fait pour mériter tout ça!

JEANNE. Vous pleurez!

DURAMÉ. Oui... je suis comme papa Déronchelle... comme votre père... (Changeant de ton.) Ah ça! mais est-ce que nous allons nous attendrir comme des enfants!.. Et notre vin qui refroidit. A votre santé, mes amis!

DÉRONCHELLE. A la vôtre...

DURAMÉ. A la vôtre, ma chère Jeanne!...

DÉRONCHELLE. A la tienne, mon enfant! Et que Dieu te garde à l'avenir de Duramé et de la bande de ce misérable coquin.

DURAMÉ. (Qui fait un mouvement.) Allons! Allons! papa Déronchelle, un jour comme celui-là, faut dire de mal de personne...

DÉRONCHELLE. Oh! Duramé..., c'est pas quelqu'un. On en dira jamais assez... Quand je pense que c'est lui qui...

DURAMÉ. Non, pas lui, sa bande.

DÉRONCHELLE. Vous êtes trop bon, Firmin, vous le défendez toujours, ce Duramé, ce...

DURAMÉ. Moi? du tout... Mais parlons d'autre chose... Parlons de ce jeune homme, qui est le seul ici qui ne m'ait pas souhaité ma fête.

HENRI. Oh! je vous demande pardon!...

DÉRONCHELLE. Il ne sait rien dire! Je crois qu'on l'abêtit dans les bureaux... Il est là, il regarde Jeanne, il lève ses yeux au ciel, et puis il ne dit rien... Est-il bouché? J'étais tout à fait comme ça quand j'étais jeune...

JEANNE. Oh! père!

DÉRONCHELLE. Mais pourquoi ne souhaite-t-il pas...

HENRI. Je pensais à autre chose!

DURAMÉ. Il n'y a pas de mal. Buvons, et que ce soit fini. A votre santé, jeune homme!

HENRI. A la vôtre! (A part.) Jusqu'à la voix!

(Entrée de Guillemette qui dessert la table, sort, et rentre.)

DÉRONCHELLE. Voyons, qu'est-ce que nous allons faire aujourd'hui... Si nous allions nous promener... On laisserait Henri pour garder la boutique...

HENRI. Ah!

DURAMÉ. Oh! non, vous savez, je n'aime pas beaucoup sortir.

DÉRONCHELLE. Oui, j'ai remarqué ça... Pourquoi donc?

DURAMÉ. Nous sommes si bien ici... Venez, papa Déronchelle. Nous allons faire une petite partie de piquet. Notre fille se mettra à côté de nous, comme d'habitude..

DÉRONCHELLE. Et Henri s'amusera à marquer les points.

JEANNE. C'est ça...

(On s'installe à droite près d'une table de jeu. Duramé et Déronchelle en face l'un de l'autre. Duramé tournant le dos à la porte du fond. Henri et Jeanne bavardent tout bas à côté.)

DURAMÉ (donnant des cartes.) A vous.

DÉRONCHELLE. Coupez...

DURAMÉ. (Très-gai.) Voilà! mon vieux papa Déronchelle! Et vous allez encore perdre.

DÉRONCHELLE. C'est bien possible...

DURAMÉ. (Lui montrant Jeanne et Henri qui causent en se tenant les mains.) Regardez-les donc! Sont-ils assez gentils. Etes-vous heureux! Sommes-nous heureux!

DÉRONCHELLE. N'est-ce pas, qu'on est bien...

DURAMÉ. D'avoir tout ce qu'il vous faut, d'être dans un bon fauteuil... d'avoir un bon ami en face de soi...

DÉRONCHELLE. Et la conscience tranquille...

DURAMÉ. La... oui...

(Ils jouent.)

BERTHE. (Chantant au dehors.)

> Mon pour Jean est bien malade
> Bien malade, Dû merci (bis).

DURAMÉ (se levant.) Cette voix!

JEANNE. La chanson de Berthe!

BERTHE.

> Men p'tit Jean m'a demandé
> La milleur ché d'Paris.
> J'aimais tant, tant et tant,
> J'aimais tant chu pour Jean!

DÉRONCHELLE. (A Duramé.) Qu'avez-vous donc?

DURAMÉ. Je me rappelle tout-à-coup... J'avais oublié... Il faut que je sorte...

CASTEL. Tiens!...

DÉRONCHELLE. Tout de suite?

DURAMÉ. Oui.

DÉRONCHELLE. Voulez-vous que je vous accompagne?

DURAMÉ. Non, merci. A tout à l'heure.

(Il sort lentement, au milieu d'un silence profond, interrompu seulement par la chanson de Berthe, au dehors.)

SCÈNE CINQUIÈME.

DÉRONCHELLE, JEANNE, HENRI.

JEANNE. (A part.) Cette voix! J'ai peur!

DÉRONCHELLE. (Désappointé.) Et ma partie de piquet!

HENRI. Voilà qui est bien étrange... M. Déronchelle?...

DÉRONCHELLE. Quoi donc?

HENRI. (Avec solennité.) Vous croyez que cet homme s'appelle Firmin Duval?

DÉRONCHELLE. Oui. Après!

HENRI. C'est faux!

DÉRONCHELLE. Tu es fou!

HENRI. Non. Je vous dis que l'homme que vous gardez sous votre toit vous ment, lorsqu'il prétend s'appeler Firmin Duval; qu'il ment, lorsqu'il dit être voyageur de commerce... Et la preuve, c'est qu'il ignorait tout à l'heure la date de sa fête; c'est qu'il ne savait pas que la Saint-Firmin tombait le 24 septembre, c'est qu'il tressaille, lorsqu'on parle de Duramé, c'est qu'il descend tout à coup, lorsqu'il entend sous vos fenêtres la chanson que Jeanne reconnaît, la chanson de Berthe. Enfin, je vous dis que cet homme se cache, et c'est pourquoi il refuse de sortir!... Et si Firmin Duval

3

défend Duramé quand vous l'attaquez devant lui, c'est que Firmin Duval n'est autre que Duramé lui-même !

DÉRONCHELLE. (*Après un silence, il éclate de rire.*) Ah ! ah ! ah ! Eh bien ! mon pauvre Henri, faudra te soigner... et surtout bien te garder de dire cela tout haut dans la rue... parce que, s'il arrivait quelque chose à Firmin Duval, tu aurais affaire à moi !

HENRI. Quoi ! vous n'êtes pas convaincu !

DÉRONCHELLE. Du tout.

HENRI. Pourquoi donc, à Jumièges, nous aurait-on traités en amis ?...

DÉRONCHELLE. Parce que... je ne sais pas.

HENRI. Pourquoi la captivité de Jeanne, qui a commencé pendant une absence de Duramé, a-t-elle cessé, dès son retour ?...

DÉRONCHELLE. Un hasard !...

HENRI. Allons donc ! Parce que Duramé protège Jeanne !

DÉRONCHELLE. Et c'est lui qui me l'a ramenée, qui l'aime comme si elle était sa fille, et se cache ici sous le nom de Firmin Duval ? Ah ! mon pauvre Henri, tu ne seras jamais diplomate...

HENRI. Je vous dis que c'est Duramé !... Je l'ai reconnu... là... c'est bien l'homme qui commandait à Jumièges, c'est lui ! c'est lui ! c'est lui !

DÉRONCHELLE. Tu m'embêtes ! Là ! As-tu entendu ? Tu m'embêtes ! Veux-tu que je te le dise encore une fois ? Si c'est Duramé, l'homme au si bon cœur, au caractère si doux, aux manières si affables ; si c'est Duramé, celui qui m'a rendu ma fille, eh bien, tant mieux ! Il restera ici tout de même ! Et ceux qui ne voudront pas se rencontrer à ma table avec ce brigand,... eh bien ! ils iront manger ailleurs !

HENRI (*simplement*). C'est bien, monsieur, adieu !

(Il va pour sortir.)

JEANNE. Oh ! Henri, Henri !

HENRI. Adieu !

JEANNE. Mon père, vous me faites de la peine.

(Elle pleure.)

DÉRONCHELLE. Eh bien ! quoi ! il s'en va, maintenant ! Veux-tu venir ici ! Est-il bête, ce grand garçon-là ! Il prend ça pour lui... Voyons, faut-il que je te demande pardon ! J'ai eu tort, là ! Regarde, tu fais pleurer notre petite Jeanne. Si tu crois que je t'aurais laissé partir ! C'est vrai aussi, on est là bien tranquille, bien heureux, et il faut qu'il vienne nous attrister avec des histoires de brigands.

HENRI. Mettons que je n'ai rien dit. Mais, laissez-moi me convaincre moi-même. Firmin Duval va rentrer, je veux être seul avec lui.

DÉRONCHELLE. Mais tu ne lui diras pas tes soupçons, au moins.

HENRI. Non. A moins qu'ils ne soient devenus une certitude.

DÉRONCHELLE. Mais...

HENRI. Je vous en prie, au nom de votre amour pour Jeanne.

DÉRONCHELLE. Ce garçon-là va encore faire quelque sottise. Enfin ! viens, fille. Nous allons jeter un coup d'œil au magasin.

JEANNE (*à Henri*.) Que Dieu vous entende et vous inspire.

(Elle sort avec son père.)

SCÈNE SIXIÈME.

HENRI, puis DURAMÉ.

HENRI. J'ai reconnu sa voix. J'ai reconnu son regard. C'est bien lui que nous avons vu à Jumièges. Quel est son projet en venant ici ?... Il a voulu gagner la confiance du père de Jeanne... Peut-être suis-je arrivé à temps. Il ne peut tarder à rentrer... Je saurai bien le démasquer ! J'entends monter... C'est lui.

(Duramé entre par le fond, l'air abattu. Sans voir Henri, il va s'asseoir à gauche, dans un fauteuil, la tête dans ses mains. Henri s'avance doucement vers lui, et lui met la main sur l'épaule.)

HENRI. (*Brusquement.*) Duramé !

DURAMÉ. (*Se levant*) Hein ! Qu'est-ce qu'il y a ! (*Reconnaissant Henri.*) Ah ! c'est vous ?... Je réfléchissais... vous m'avez fait peur... Ce nom de Duramé, entendu tout à coup, m'a effrayé. Que me voulez-vous ?... C'est une plaisanterie ?

HENRI. Je ne plaisantais pas.

DURAMÉ. Pourquoi ce nom de Duramé ?

HENRI. Je voulais être certain que Duramé, c'était vous.

DURAMÉ. Moi ? Vous êtes fou. Je m'appelle Firmin Duval.

HENRI. Depuis peu.

DURAMÉ. Depuis quand il me plaît.

HENRI. Vous avez tort de nier. Je vous ai reconnu.

DURAMÉ. Ecoutez-moi, jeune homme. Si je suis Firmin Duval, ce que vous faites en ce moment est inutile ; si je suis Duramé, c'est dangereux.

HENRI. Duval ou Duramé, je vous ordonne de sortir de cette maison sur le champ.

DURAMÉ. Vous m'ordonnez ? Vous êtes donc le maître ?

HENRI. Je défends celle que j'aime.

DURAMÉ. Contre qui ?

HENRI. Contre vous.

DURAMÉ. Elle n'en a pas besoin. Je ne la hais point.

HENRI. Je la défends contre vos sympathies qui sont une offense, contre votre tendresse qui est une souillure.

DURAMÉ. Jeune homme.

HENRI (*les bras croisés*). Après ?...

DURAMÉ. Vous venez de faire une sottise.

HENRI. Non pas, mais un acte de justice.

DURAMÉ. Je ne sais ce que vous voulez dire... Je ne suis pas Duramé.

HENRI. Je vous croirai si vous me faites voir cette lettre que vous lisiez tout à l'heure, et que vous avez là, dans votre poche.

DURAMÉ. Jamais.

HENRI. Vous refusez ?

DURAMÉ. Oui.

HENRI. Eh bien ! je vous la vole !

(Il s'avance pour prendre la lettre. Duramé lui saisit le poignet.)

DURAMÉ. Allons ! jeune homme ! du calme ! J'en ai assez de mentir. Oui, je suis Duramé, qu'est-ce que vous me voulez ?

HENRI. Je vous ordonne de partir.

DURAMÉ. Ecoutez-moi bien. Si je voulais me défendre contre vous, croyez bien que je je suis de taille et de force à le faire avec avantage. Mais cela ne me plaît pas... et je vous céderai. Je partirai ce soir.

HENRI. C'est sur le champ que vous allez quitter cette maison où des honnêtes gens seuls peuvent rester.

DURAMÉ. Et si je refuse...

HENRI. Je saurai bien vous y forcer.

DURAMÉ. Comment ?

HENRI. Vous allez le voir. Une dernière fois, vous refusez ?

DURAMÉ. Je partirai ce soir. Pas avant.

HENRI. C'est ce que nous verrons.

(Il sort.)

SCÈNE SEPTIÈME.

DURAMÉ. (*Seul.*) C'était trop beau, et ça ne pouvait pas durer. Je voudrais redevenir honnête que je ne le pourrais pas. Mon passé m'accable, et ces gens-là refuseraient de me comprendre. J'aurai été bien heureux ici, pendant quelques jours. La voir si douce et si bonne, cette enfant tant aimée ! la sentir auprès de moi à tout instant, c'était une joie délicieuse qui me remplissait le cœur d'apaisement et de tendresse... Je ne la verrai plus... Et c'est cet autre, qui se croit son père, cet autre qui ne lui est rien ; cet étranger ! qui me volera son amitié et le bonheur... J'irai, moi, par les grands chemins et les routes, traqué comme une bête fauve, poursuivi par tous les hommes, lisant dans tous les regards la haine et la terreur, fuyant ceux que je n'attaquerai pas, sans entendre autre chose que des sanglots douloureux ou des cris vengeurs... et lui, à qui je l'ai donnée, finira tranquillement ses jours, entouré de soins, de caresses et d'amour ! De soins qu'il volera, d'amour qu'il volera ! car il n'est pas le père : le père, c'est moi. C'est à moi qu'elle devrait prodiguer les trésors de son cœur, et si je le voulais, je pourrais lui dire : « Jeanne, tu es ma fille. Suis-moi ! » Et pourquoi ne le lui dirais-je pas !

(Entre Jeanne.)

JEANNE. Oh ! pardon... je cherchais Henri !

(Elle veut ressortir.)

DURAMÉ. Venez, Jeanne, j'ai à vous parler.

(Elle s'avance vers lui.)

SCÈNE HUITIÈME.

DURAMÉ, JEANNE.

DURAMÉ. Jeanne, j'ai fait un rêve. J'ai rêvé que vous n'étiez pas la fille du citoyen Déronchelle, que certaines circonstances mystérieuses avaient entouré votre naissance ; enfin, que par un de ces hasards comme on n'en voit que dans les romans, votre véritable père, c'était... savez-vous qui ?

JEANNE. Non !

DURAMÉ. Moi !

JEANNE. Vous !

DURAMÉ. Cela vous ferait du chagrin ?

JEANNE. Oui.

DURAMÉ. Eh bien !.. mon rêve est une réalité.

JEANNE. Vous devenez fou, M. Firmin Duval... Mais de quel nom faut-il vous nommer, est-ce Duval ou...

DURAMÉ. Ou...

JEANNE. Ou Duramé... Ah ! pardonnez-moi si je vous fais de la peine. Henri croyait vous avoir reconnu pour ce brigand... je ne l'ai pas cru... mais ce que vous m'avez dit pour m'éprouver sans doute, m'a bouleversée à un tel point... je l'aime tant, mon père !

DURAMÉ. Je vous dis que votre père c'est moi ! Et puisque vous savez mon véritable nom... cela m'évitera la peine de vous l'apprendre. Et maintenant, ma fille, causons.

JEANNE. Vous mentez ! Je ne suis pas la fille du misérable que vous avez nommé ! Tout mon sang... tout mon être se révolte à la pensée que mon père serait ce voleur de grande route, cet impitoyable assassin !

DURAMÉ. Tais-toi ! Te prouver que je suis Duramé me sera facile. Pour t'en convaincre, tu n'auras qu'à demander à ton fiancé ce qu'il en pense. Il m'a deviné et reconnu, lui.

JEANNE. Eh bien ! sortez de cette maison que votre présence déshonore... Ne profitez pas un moment de plus de cette hospitalité que vous avez volée !... vous, le plus méprisable des hommes ! Mais plutôt que de me savoir votre enfant, plutôt que de vivre avec cette honte !...

DURAMÉ. Malheureuse ! Pas un mot de plus !... ou j'oublie qui tu es, comme tu oublies ce que tu me dois.

JEANNE. Encore une fois, cessez de me parler ainsi... Je ne vous crois pas... Je ne puis pas être la fille de Duramé.

DURAMÉ. Vraiment ! Et pourquoi donc t'aurais-je deux fois sauvé la vie ! Pourquoi donc serais-je ici, t'implorant ? Quoi ! Tu n'as pas remarqué l'affection que j'avais pour toi ; tu ne t'es pas aperçue de l'émotion qui tremblait dans ma voix lorsque je te disais : « mon enfant ! » tu n'as pas vu les larmes qui ont coulé de mes yeux quand je t'ai embrassé, là, tout à l'heure, pour la première fois...

JEANNE. Je ne vous crois pas ! je ne vous crois pas !

DURAMÉ. Déronchelle avait une fille née le même jour que toi. Ce hasard m'a frappé. Un jour, j'étais venu ici pour voler, et j'ai vu là... tiens, à cette place... un berceau et une petite fille qui te ressemblait. Je songeais combien elle serait heureuse, celle-là, et combien, toi, tu aurais à souffrir, et l'idée me vint de te substituer à elle. Ta nourrice, la vieille Guillemette, avait un mari ivrogne et débauché : Jean Loriot ... je le payai... je l'enrôlai parmi les miens, et quelques jours plus tard, sous le prétexte de venir voir Guillemette, il commettait ce crime...

JEANNE. Arrêtez ! Taisez-vous ! Oui ! oui ! Guillemette m'a raconté... Je ne puis me rappeler... oui... son mari avait forcé la porte une nuit... elle l'avait vu s'enfuir emportant un fardeau sous son manteau... elle avait cru qu'on lui avait volé l'enfant qu'elle gardait... elle avait couru au berceau, et m'avait trouvée... Ah ! mon Dieu ! mon Dieu ! ce que vous dites est vrai ! ce que vous dites est vrai !

(Elle sanglote.)

DURAMÉ. Mon enfant ! Ne pleure pas ! Je t'en supplie à genoux (Il va vers elle, s'agenouille, et l'entoure de ses bras.) Regarde-moi !

(Il veut lui prendre les mains.)

JEANNE. (Avec un cri.) Ah ! laissez-moi ! Vous me faites horreur !

DURAMÉ. Je lui fais horreur ! Oh ! l'ingrate enfant ! Ma fille ! ma fille ! Ah ! tu me parles ainsi ! Ah ! tu ne comprends pas le sacrifice que j'ai fait pour toi, et tu me chasses comme un valet ! Eh bien, je ne prie plus, maintenant. Je t'ordonne de me suivre, et tu m'obéiras, car je suis ton père !

JEANNE. Non ! mille fois non !

DURAMÉ. Ah ! je le vois ! tu as peur de la pauvreté.

JEANNE. Non ! mais de l'infamie !

DURAMÉ. Tu me préfères Déronchelle parce qu'il est riche.

JEANNE. Non ! mais parce qu'il est un honnête homme !

DURAMÉ. Tu me suivras !

JEANNE. Jamais !

DURAMÉ. J'ai le droit de l'exiger.

JEANNE. J'ai celui de vous renier.

DURAMÉ. Tu n'en seras pas moins ma fille !

JEANNE. Allons donc ! où y a-t-il une ressemblance entre nous ! Je suis une honnête fille et vous...

DURAMÉ. Prends garde !

JEANNE. Vous pouvez me tuer. Reprenez la vie que vous

m'avez donnée : peut-être avez-vous le droit de le faire, mais quant à penser qu'il y aura dans mon cœur un autre sentiment pour vous que la répulsion, vous ne le pouvez pas ! Mon cœur, mon amour appartiennent à celui qui les a mérités ! Je devrais vous livrer à la justice. Je ne le ferai pas, et tout ce que peut cette paternité que vous invoquez tardivement, c'est de changer ma répulsion en indifférence, ma colère en pitié. Je vous laisse partir. Sortez !

DURAMÉ. Tu me traites en brigand, c'est en brigand que je vais agir. Tu ne veux pas me suivre, je vais t'emporter !

(Il court à elle.)

JEANNE. Ah ! mon père ! à moi !

(La porte du fond s'ouvre, Henri paraît accompagné de deux gendarmes. Déronchelle et Guillemette entrent à droite et à gauche. Jeanne va se jeter dans les bras de Déronchelle.)

SCÈNE NEUVIÈME.

HENRI, DURAMÉ, JEANNE, DÉRONCHELLE, GUILLEMETTE, DEUX GENDARMES.

HENRI. (Aux gendarmes.) Voici Duramé !

DURAMÉ. (A Henri.) Vous m'avez livré ! Eh bien, je vais vous dire le nom de celle que vous voulez épouser. C'est ma fille ! c'est la fille de Duramé.

DÉRONCHELLE. Il est fou... Que dit-il ?

JEANNE. (s'arrachant de ses bras.) Il a dit vrai !

DURAMÉ. O ma fille, sois maudite !

JEANNE. (Avec un grand cri.) Ah ! (Elle tombe à genoux.) Pardon !

RIDEAU.

ACTE CINQUIÈME.

L'Expiation.

28 Janvier 1798. — La scène est partagée en deux parties. A droite, la boutique de Déronchelle avec sa large devanture toute ouverte qui laisse voir la rue à gauche et les façades des maisons qui font face à celle de Déronchelle. Dans la boutique, porte au fond ; à droite, comptoirs, ballots d'étoffe, siéges. Au premier plan, à gauche, une rue praticable.

SCÈNE PREMIÈRE.

DEUX PASSANTS.

(Au lever du rideau personne dans la boutique de Déronchelle. Des gens passent dans la rue.)

PREMIER PASSANT (à un autre). Ah ! ah ! père Jean, on se promène ?

DEUXIÈME PASSANT. Mais oui ! faut bien faire ses petites commissions.

PREMIER PASSANT. Pas chaud, hein ?

DEUXIÈME PASSANT. Ah ! pour ça non ! Je crois bien que nous allons avoir de la neige.

PREMIER PASSANT. L'hiver ne finira donc pas ?

DEUXIÈME PASSANT. Nous voici au 28 janvier...

PREMIER PASSANT. Eh oui, comme le temps passe ! Quand est-ce qu'on guillotine donc ?

DEUXIÈME PASSANT. C'est aujourd'hui. Vous ne le saviez pas ? Mais le cortège passera par ici.

PREMIER PASSANT. Allons donc ! Pour se rendre de la prison Saint-Lô à la place du Vieux-Marché...

DEUXIÈME PASSANT. Le passera par ici.

PREMIER PASSANT. Il me semblait qu'on avait indiqué un autre itinéraire.

DEUXIÈME PASSANT. Oui, mais on l'a changé au dernier moment pour éviter la foule sur le passage du cortège... J'ai un voisin qui est commis à l'administration départementale et qui m'en a averti.

PREMIER PASSANT. Eh bien que soit le chemin qu'il prenne, il n'aura pas volé ce qui l'attend au bout, ce Duramé.

DEUXIÈME PASSANT. Ah ! certes non ! Et vous savez que pendant le procès on en a encore appris de belles sur son compte. On ne connaissait pas la moitié de ses crimes.

PREMIER PASSANT. Vous l'avez vu juger ? Quelle contenance avait-il ?

DEUXIÈME PASSANT. L'air insolent, la parole haute, sans honte ni repentir.

PREMIER PASSANT. Cela fera un fier brigand de moins. Et ses complices ?

DEUXIÈME PASSANT. Huit seront guillotinés avec lui, mais ils prendront le premier chemin fixé. On a séparé d'eux Duramé autant pour lui éviter les injures, les menaces et les horions de la foule que pour le soustraire à la fureur de ses anciens compagnons.

PREMIER PASSANT. Je gèle, à rester en place ! Au revoir, voisin ! Dites donc, on ne voit plus le père Déronchelle depuis quelques jours...

DEUXIÈME PASSANT. Il doit y avoir un malheur dans cette famille; le père, la fille et Guillemette sont constamment dans les larmes. Ils se tiennent en dehors du monde.

PREMIER PASSANT. C'est malheureux, car ce sont de bien braves gens.

DEUXIÈME PASSANT. Oui, ma foi. Au revoir.

PREMIER PASSANT. Au revoir.

(Ils sortent, l'un au fond, l'autre à gauche. Déronchelle entre dans sa boutique. Il est triste et vieilli. Guillemette entre derrière lui, portant des marchandises.)

SCÈNE DEUXIÈME.

DÉRONCHELLE, GUILLEMETTE.

DÉRONCHELLE (*entrant par le fond, à Guillemette*). Je crois qu'elle va mieux, maintenant, notre Jeanne.

GUILLEMETTE. Elle est sauvée... Elle sera revenue de loin...

DÉRONCHELLE. Quand je pense...

GUILLEMETTE. Parlez pas de ça... vous savez bien...

DÉRONCHELLE (*toujours très-morne*). T'as raison... Travaillons... Il faudra mettre le 3328 à 4 francs 45 sous.

GUILLEMETTE. Oui. C'est p't'être trop bon marché ?

DÉRONCHELLE. Comme tu voudras. (*Il s'assied sur un siège et reste un moment pensif. De même Guillemette.*) Alors, tu crois qu'elle n'est pas ma fille ?...

GUILLEMETTE. J'ai pas dit ça.

DÉRONCHELLE. C'est malheureux, hein ? Elle était si bonne.

GUILLEMETTE. Si douce.

DÉRONCHELLE. Si bien élevée.

GUILLEMETTE. Et elle vous aimait tant.

DÉRONCHELLE. N'est-ce pas qu'elle m'aimait bien ! (*En silence.*) Allons ! continuons à travailler... Les ratines en demi-largeur ont-elles été expédiées ?

GUILLEMETTE. (*Pleurant.*) Oui, et les espagnolettes aussi. (Elle sanglote.)

DÉRONCHELLE. (*Se retenant.*) Faut pas pleurer, Guillemette. Ça n'avance à rien. Elles sont parties aussi les espagnolettes ?

(Il pleure à son tour. — Silence.)

GUILLEMETTE. Ne pleurons pas. Je l'entends qui descend.

DÉRONCHELLE. C'est possible. N'ayons l'air de rien.

(Entre Jeanne.)

SCÈNE TROISIÈME.

DÉRONCHELLE, GUILLEMETTE, JEANNE.

DÉRONCHELLE. Eh ! quoi ! te voilà levée...

JEANNE. Oui, je suis guérie maintenant...

DÉRONCHELLE. Ah ! tant mieux ! Ça me fait bien plaisir ! bien plaisir. (*Il se mouche.*) Tu ne m'as pas dit bonjour... (*Un temps.*) Tu peux bien dire : « Bonjour père » tout de même.

JEANNE. Non. Je n'ose plus. J'ai à vous parler. Tu peux rester, Guillemette.

DÉRONCHELLE. Qu'est-ce que tu as à me dire ma f... (*Se reprenant.*) Jeanne ?

JEANNE. Je viens vous dire adieu.

DÉRONCHELLE. Adieu ! Tu es folle !

JEANNE. Non. Voilà longtemps que je réfléchis et que j'ai pris mon parti. Mais je ne puis plus rester ici.

DÉRONCHELLE. Pourquoi ça ? Tu n'es pas bien ? Si. Alors pourquoi veux-tu t'en aller ?

JEANNE. Parce que je n'ai aucun droit à votre bonté; parce que en restant ici je vous vole votre tendresse comme je vole le pain que je mange.

GUILLEMETTE. C'est-y Dieu possible d'entendre dire ça !

DÉRONCHELLE. Qu'est-ce que tu feras ? Où iras-tu ?

JEANNE. Je ne sais. Je chercherai à gagner ma vie. Je me mettrai servante s'il le faut.

GUILLEMETTE. Servante !

DÉRONCHELLE. Et puis nous, ma pauvre Guillemette, nous mourrons de chagrin tous les deux, tout seuls...

GUILLEMETTE. Ça ne sera pas long.

DÉRONCHELLE. Si tu veux être servante.. moi je t'engage, je te prends... Ton devoir ça sera d'être gaie, de chanter dans la maison comme dans le temps, de m'aimer...

JEANNE. Je ne puis pas accepter, vous le savez bien.

DÉRONCHELLE. Alors, dis ce que tu veux qu'on fasse, mais reste. Moi je t'aime bien tout de même, quoique, d'après ce que vous dites, tu ne sois pas ma fille. Tu ne m'aimes plus, toi, alors, parce que tu as appris...

JEANNE. Oh ! si je vous aime ! Je vous aime et je vous vénère, et c'est pourquoi je ne veux pas que vous gardiez chez vous la fille de Duramé.

DÉRONCHELLE. La fille de Duramé ! La fille de Duramé ! Ce n'est pas vrai. Tu n'es pas la fille de ce brigand ! On aurait beau m'apporter des tas de preuves et puis plus que ça encore, je dirais : Non ! Comment ! pendant dix-huit ans, je t'aurai aimée, je t'aurai chérie et j'aurai reçu tes baisers et tes caresses, et puis un jour on viendra me dire : Tout ça ne compte pas, c'est pas ta fille ! Et toi, tu diras : Je m'en vais, et moi, je mourrai tout seul comme un vieux sans famille. Non ! C'est pas possible. Le bon Dieu viendrait me dire que tu n'es pas mon enfant que je lui répondrais qu'il se trompe...

JEANNE. Ne me parlez pas ainsi. Je souffre trop.

DÉRONCHELLE. Si, si ! je te parlerai encore (*Il va à elle.*) Regarde-moi, Jeanne, est-ce que, au fond de ton cœur, tu crois que c'est vrai, tout ça. Est-ce que tu crois que je suis un étranger pour toi.

JEANNE. (*Se dégageant.*) Hélas ! comment douter !

DÉRONCHELLE. C'est bon. Puisque tu ne veux pas que je reste auprès de toi, je m'en vais. Seulement, la vie, c'est fini, pour moi. Je suis trop malheureux. C'est pas possible qu'on souffre autant que ça. Et si la mort ne vient pas assez vite...

JEANNE. Que ferez-vous ?

DÉRONCHELLE. C'est bien simple. La Seine n'est pas loin.

JEANNE. Oh ! ne dites pas cela !

DÉRONCHELLE (*qui pleure assis sur la chaise*). Qu'est-ce que ça peut te faire, puisque je ne suis plus pour toi qu'un étranger...

JEANNE. (*Allant à lui.*) Vous me faites du chagrin. (*Elle l'embrasse.*) (*Avec émotion :*) mon père...

DÉRONCHELLE. A la bonne heure... Dis-le encore . Dis-le...

JEANNE. Mon père... ne pleurez plus...

DÉRONCHELLE. (*Se levant.*) Bé non ! que je ne pleure plus... Parbleu !... Du moment que tu avoues que tout ça est faux... je ne pleure plus... Je vais chanter. Nous n'avons plus de chagrin, n'est-ce pas Guillemette ?... J'ai envie de rire... je t'assure... J'ai envie de rire... (*Il pleure.*)

GUILLEMETTE. (*Sanglotant.*) Moi aussi.

JEANNE. Ma bonne Guillemette !

GUILLEMETTE. Là... c'est fini... maintenant, tu vas remonter dans ta chambre.

JEANNE. Non. Laisse-moi là. Je suis contente de prendre l'air.

GUILLEMETTE. Et ta tisane, voilà l'heure de la prendre.

JEANNE. Eh bien, apporte-la moi ici.

DÉRONCHELLE. Mais oui, grosse bête... T'avais pas pensé à ça...

GUILLEMETTE. J'y vais...

(Elle sort.)

DÉRONCHELLE. Elle ne pense à rien !

(Guillemette revient avec une tasse qu'elle pose sur la table de droite.)

GUILLEMETTE. Voilà... Es-tu bien... (*Elle l'installe.*) Là...

JEANNE. Merci... Je suis bien... Laisse-moi.

DÉRONCHELLE (*bas à Guillemette*). Je suis content... Si nous allions pleurer là-haut...

GUILLEMETTE. C'est vrai... Je ne peux pas m'empêcher...

(Ils sortent.)

(Berthe, qui était entrée depuis quelque temps, à gauche, dans la rue, en se traînant, fait un mouvement.)

SCÈNE QUATRIÈME.

JEANNE, BERTHE.

BERTHE. Ah ! m'y voici enfin. J'avais peur de ne pas pouvoir arriver jusqu'ici...

JEANNE (*à elle-même*). Non, je ne puis rester... Mais devant sa douleur, je n'ai pas eu la force de lui dire que ma volonté était inébranlable...

BERTHE (*à elle-même*). Depuis que j'ai pu m'échapper de la sombre caverne où cette gueuse m'a fait enfermer, j'ai mendié le long des routes... J'ai souffert... Me voici au but.

JEANNE. Comme cette maladie m'a rendue faible... Malgré moi, je m'assoupis ; mes yeux se ferment...

BERTHE. Depuis deux jours, je n'ai pas mangé... La haine seule m'a soutenue jusqu'ici... jusqu'à la vengeance.

JEANNE (*s'endormant*). Ah ! Henri, mon cher Henri ! qu'êtes-vous devenu !...

(Elle s'endort.)

BERTHE. Toutes les chances sont pour moi... Elle s'endort... Allons... Je ne peux plus faire un pas. Est-ce que ma vengeance va m'échapper, maintenant qu'elle est à portée de ma main... La tasse, dans laquelle elle va boire, est près d'elle... et près de moi... Du courage, c'est cette fille-là qu'est cause de tous les malheurs ! (*Elle traverse la rue en se traînant et entre dans la boutique.*) ... J'ai peur de faire du bruit... (*Elle fouille dans sa poche.*) Je ne trouve plus... si... La voici. (*Elle tire une bouteille de sa poche.*) Ah ! mes bonnes herbes, les bonnes herbes mortelles!... Je sais vos vertus... Comme elle va bien souffrir !... (*Elle passe derrière Jeanne et verse dans sa tasse le poison.*) C'est fait... Je me sens plus forte... C'est bon de se venger ! C'est une joie ineffable... Bois, ma colombe... Tu iras au ciel...

JEANNE (*rêvant*). «... Pardonnez-nous nos offenses, comme nous les pardonnons à ceux qui nous ont offensés, et délivrez-nous du mal... »

BERTHE. Elle prie... J'ai peur. (*Elle reste immobile un instant*) Ne vais-je plus pouvoir sortir d'ici !... (*Elle sort de la boutique avec des efforts surhumains, s'accrochant aux meubles.*) Ah... Ah... Maintenant, je puis mourir !

(Elle ne peut plus se soutenir et glisse à terre.)

JEANNE (*se réveillant*). Henri !... Ah ! ce sommeil m'a fait du bien... Je me sens plus gaie... j'ai de l'espérance plein mon cœur... En rêve, j'ai prié !... (*Apercevant la tasse.*) Et cette tisane de la bonne Guillemette... je vais la boire...

(Elle prend la tasse et la porte à ses lèvres.)

BERTHE. Je me meurs !... Au secours ! A moi !...

JEANNE (*reposant la tasse*). On appelle au secours... (*Elle se lève et va voir.*) Oh ! la pauvre femme ! (*Revenant à la porte de droite.*) Mon père ! Guillemette ! Venez vite !...

DÉRONCHELLE. Qu'est-ce qu'il y a...

JEANNE. Voyez cette malheureuse... Elle se meurt !...

GUILLEMETTE. Cette femme !... Oui... elle va mourir !...

DÉRONCHELLE. Ah ! tu nous as fait peur !

JEANNE. Il faut la secourir...

DÉRONCHELLE. Mais certainement. (*Il sort avec Guillemette.*) Eh bien ! ma pauvre citoyenne... ça va mieux...

GUILLEMETTE (*de l'autre côté*). Qu'est-ce que vous avez?...

BERTHE. J'ai faim ! Ayez pitié de moi... J'ai marché longtemps, longtemps...

GUILLEMETTE (*apportant la tasse qui était près de Jeanne et dans laquelle Berthe a versé le poison*). Tenez. ma pauvre femme, voilà qui vous remettra.

(Elle boit, Jeanne s'approche de Berthe pour la soutenir.)

BERTHE (*se dressant à demi*). Elle !... Vous... vous venez à mon secours... Vous ne me reconnaissez donc pas...

JEANNE (*la reconnaissant*). Grand Dieu !... (*A part.*) Berthe !

BERTHE. Ah ! tu te rappelles... Tu es heureuse de me voir souffrir... Tu me reconnais, n'est-ce pas ?

JEANNE. Non. Je ne vous connais pas. Dieu qui pardonne tout, a pitié de vous...

BERTHE. Dieu?

JEANNE (*bas*). Je vous pardonne bien, moi.

BERTHE. Je vais mourir... Ah ! c'est du feu ! c'est le poison ! cela me brûle... cela me déchire les entrailles... c'est l'enfer ! (*Bas.*) Oui... (*Haut.*) Ah ! A moi ! Faites-moi mourir tout de suite...

JEANNE (*lui prenant les mains*). Comme elle souffre !

BERTHE. Restez ! Votre main est douce dans la mienne, et diminue mes souffrances.

(Un silence.)

CRIS *dans la coulisse.* A mort ! Duramé ! A mort !... Le voici...

DÉRONCHELLE. Le cortège... Le voici... Duramé qu'on mène à l'échafaud !...

JEANNE. Ah ! emmenez-moi... Je ne veux pas voir... (*Ils rentrent dans la boutique.*) Non, je reste...

BERTHE. Duramé !... L'échafaud !...,

(Elle se redresse et reste debout, les yeux grands ouverts, effrayante. — Entrent, au fond, des bourgeois criant : Voilà Duramé ! — Devant, les soldats du cortège.)

SCÈNE CINQUIÈME.

LES MÊMES, DURAMÉ, SOLDATS.

DURAMÉ (*les mains liées derrière le dos*). Je ne veux pas passer par là ! Je ne veux pas ! Je ne veux pas !

UN OFFICIER. Emmenez-le. Pourquoi n'avance-t-on pas ?

UN SOLDAT (*entrant à gauche*). Impossible, capitaine, un encombrement de voitures obstrue la rue.

BERTHE. C'est l'expiation, Duramé ! Dieu se venge ! Malheur à toi ! Je te hais ! Je te maudis !

DURAMÉ. Toi, misérable ! Ah ! comme je t'étranglerais, si mes mains étaient libres. C'est toi qui m'as perdu... (*Regardant Jeanne.*) Et elle !... grand Dieu ! elle est là !

BERTHE (*allant a lui*). Tais-toi !... Elle n'est pas... Ah ! je souffre ! je souffre !... Duramé ! malheur !... Malheur à moi ! Ah !... je meurs !

(Elle tombe un peu à gauche et meurt.)

(Duramé, qui la regarde, pousse un cri de joie lorsqu'il la voit morte, puis lentement il tourne la tête vers Jeanne.)

JEANNE (*elle pleure*). Mon Dieu ! pardonnez-lui.

DURAMÉ. Ah ! tu pleures, maintenant ! Regardez-la cette fille qui sanglote ! c'est ma fille. (*A Jeanne.*) Réponds ! Est-ce vrai ? Après avoir livré ton père, oseras-tu le renier ! Tu te tais. Vous voyez bien que c'est vrai, qui donc pourrait dire que cela n'est pas !

HENRI (*paraissant*). Moi.

DURAMÉ. Henri Castel !

HENRI. Cette jeune fille est bien la fille du citoyen Déronchelle. Ta fille, à toi, Duramé, était morte.

DURAMÉ. C'est faux ! c'est faux ! La preuve.

QUATRE-PATTES (*entrant par le fond*). La preuve ! (*Tirant un papier de sa poche.*) La voici !

DURAMÉ. Qu'est-ce que ce papier ?

QUATRE-PATTES. Une copie du registre de la paroisse de Quincampoix, qui atteste que la fille, Duramé, est morte en venant au monde.

DURAMÉ. Tu mens !... Ce papier... Donne...

QUATRE-PATTES. Voilà !...

DURAMÉ (*après avoir lu*). Morte !... (*Aux gendarmes.*) Emmenez-moi, maintenant.

(La foule : A mort !)

(Il va s'affaisser. Les gendarmes le soutiennent et l'emmènent. Huées de la foule.)

SCÈNE DERNIÈRE.

TOUT LE MONDE.

DÉRONCHELLE. Eh bien, Jeanne, me crois-tu, maintenant?

JEANNE. Mon père !

(Elle se jette dans ses bras.)

QUATRE-PATTES. Et moi, m'ame Guillemette Loriot, vous ne m'embrassez pas !

GUILLEMETTE. C'est m'n'homme ! Ah ! garnement ! quoi qu'tu'as fichu, d'puis dix-sept ans que tu es parti ?... Enfin, tu nous sauves, je te pardonne...

QUATRE-PATTES. T'as profité, depuis que je ne t'ai vue !...

GUILLEMETTE. J'ai pourtant eu bien du chagrin... d'abord...

(Rumeurs au dehors.)

DÉRONCHELLE. Écoutez ! (*Rumeurs.*) Écoutez ! Il vient d'expier ses crimes, ce bandit, ce...

QUATRE-PATTES. N'en dites plus de mal. Il n'y a pas de criminel qui n'ait un côté humain : celui-là avait un cœur de père.

JEANNE. C'est vrai. Et nous prierons pour lui.

RIDEAU.

www.ingramcontent.com/pod-product-compliance
Lightning Source LLC
Chambersburg PA
CBHW070804200626
46811CB00023B/1900